답지 않은 세계

지은이 **홍정수**

1991년생. 서울 노원구 백병원에서 태어나 갈현동에서 22년간 자랐다. 이후 정릉동, 구일동, 월계동 등을 거쳐 지금은 신당동 거주 중.

대체로 비관주의자이며 때때로 낙천주의자다. 좋아하는 음식은 쌀떡 밀떡 반반 떡볶이와 콩국수, 마실 것은 가리지 않는다. "언제 밥 한번 먹어요"라는 막연한 인사에는 "날짜 몇 개 주세요"라고 대답하는 편이다.

2013년부터 동아일보 기자로 일하며 정치부, 사회부, 편집부 등을 전전하다 지금은 국제부 방문 중이다. 세대론을 너무 좋아하는 업계에서 일하다 보니 MZ 세대론에 질린 나머지 책까지 쓰게 됐다.

아직 대단한 건 못 이뤘지만, 뭐라도 계속하자는 마음으로 7년째 독서 모임에서 책 읽고, 생각날 때마다 블로그에 글 쓰고, 친구들과 새로운 팟캐스트를 도모하는 중이다.

___닫지 않은 세계

초판 1쇄 발행 2022년 10월 27일

지은이 홍정수 | **발행인** 박윤우 | **편집** 김동준, 김송은, 김유진, 성한경, 장미숙, 최진우 | **마케팅** 박서연, 이건희, 이영섭 | **디자인** 서혜진, 이세연 | **저작권** 김준수, 백은영, 유은지 | **경영지원** 이지영, 주진호 | **발행처** 부키(주) | **출판신고** 2012년 9월 27일 | **주소** 서울 서대문구 신촌로3길 15 산성빌딩 5-6층 | **전화** 02-325-0846 | **팩스** 02-3141-4066 | **이메일** webmaster@bookie.co.kr | **ISBN** 978-89-6051-949-7 03810

※ 잘못된 책은 구입하신 서점에서 바꿔 드립니다.

만든 사람들
편집 김송은 | **디자인** MALLYBOOK | **표지 일러스트** 규하나

답지 않은 세계

MZ에 파묻혀 버린
진짜 우리의 이름

홍형수 지음

일러두기

각 세대에서 즐겨 쓰는 표현이나 저자 고유의 글맛을 살리기 위해 표기와 맞춤법에
예외를 둔 부분이 있습니다.

차례

아, 진짜 그거 아니라고!

누가 이렇게 대충 만들었을까? 'MZ(엠제트 혹은 엠지)세대'라는 해괴한 세대론을.

새로운 세대는 원래 두렵고도 신기한 연구 대상이다. 진정한 '신인류'로 취급받았던 'X세대'가 그랬고, '토종 세대론'의 대표주자인 '88만원 세대'도 그랬다. 하지만 그 이후 1980년대생부터 2000년대생까지를 모조리 합쳐 'M+Z'라는 알파벳 조합으로 퉁친 것은 좀 너무하지 않나, 나는 자주 생각한다.

"야, 너 MZ세대지? 이것 좀 물어보자"라는 말을 들을 때마다 나는 "MZ요? 그게 뭔데요?"라고 혀끝에서 맴도는 반항을 삼키고 "네, 물어보세요"라고 쓸데없는 눈웃음을 지으며 답해야 했다.

MZ의 M을 뜻하는 '밀레니얼 세대'는 그러지 않아도 이미 충분히 혼란스러웠다. 별다른 특징도 없이 그저 '2000년대에 유소년기를 겪은 사람들'이라는 이유로 애매모호한 테두리를 썼다. 필요에 따라 1980년에서 1995년 사이에 태어난 사람이기도 했다가, 90년대생으로 불리기도 한다. 한때는 '에코 세대' '에코붐 세대'라는 이름이 더 익숙하기도 했다. 그저 '베이비붐 세대가 낳은 다음 세대'라는 사실 자체가 그들의 핵심 정체성이었다는 이야기다.

밀레니얼 세대는 출산율 폭발로 역사에 남을 만큼 인구가 미어터졌던 베이비붐 세대의 자녀들인 만큼, 역시 머릿수가 적잖다. 하지만 거대한 전쟁이나 위기를 함께 겪으며 통째로 동기화된 세대가 아니어서일까? 1000년에 한 번만 쓸수 있는 '밀레니얼'이라는 대단한 이름을 차지한 것 치고는 상대적으로 세대 담론에서 힘을 쓰지 못했다.

그리고 Z세대가 등장했다. 1990년대 중반에서 2000년대 초반에 걸쳐 태어난 이들은 '제2의 X세대'라고 해도 좋을 만큼 개성적이고 개인적이다. 바로 윗세대들에게도 세대 차이를 느끼게 할 정도로 차이가 선명하다. X세대와 Z세대가 양쪽에서 내뿜는 선명한 아우라에 비하면, 밀레니얼 세대는 일종의 '과도기 세대'에 불과해 보일 정도다.

그런데 놀랍게도 한국의 '어르신들'은 이런 Z세대를 밀레니얼 세대와 뭉뚱그려서 'MZ세대'라고 부르며 모든 사회 현상의 'MZ화'에 열을 올리고 있다. 최근 벌어진 모든 일은 MZ세대가 이끌었다는 식이다. 마치 아직 주류에서 물러서기 싫은 기성세대들이 그저 자신들의 아랫세대를 도매금으로 묶어 취급하는 게 아닐까 싶을 만큼.

마흔을 앞둔 1980년대생부터 아직 청소년인 2010년대생까지 아울러 버리는, 외국에서는 찾아보기도 힘든 이 기적의 대통합 세대론을 대체 무엇이라고 해야 할까?

"MZ세대는 본인들이 MZ세대인 걸 전혀 모른다."[1]

MZ세대가 공통으로 동의한 단 하나의 명제는 바로 이것이다. 소위 MZ세대의 대표주자로 자주 강제 소환되는 래퍼 이영지가 한 방송에 나와서 한 말이다. 특유의 시원한 말투로 이르신들 사이에서 내뱉는 그 말에 동의하지 않았을 MZ들이 어디 있을까. 특히 "조금 진절머리가 나는 태세는 뭐냐면, MZ세대는 알파벳 계보를 이어가고 싶은 어른들의 욕심이 아닐까 싶다"라는 말에 나는 마음속으로 손뼉을 쳤다.

M들도 Z들도 동의하지 못하는데 오로지 X세대나 86세대 출신 윗분들께서만 노래를 부르는 '요즘 MZ세대'는

그래서 너무나 모순적이다. 애초부터 한 덩어리가 아닌 '30년 범위의 젊은이들'을 한 데 납작하게 눌러 버렸기 때문이다. 그로 인해, 정작 우리가 공유하는 속내와 생각들은 감춰지고, 우리의 차이점은 흐려진다.

그런 세태에 질려 버린, 별로 다정한 성격이 못 되는 91년생은 'MZ 세대론'의 파도 한가운데서 "아, 진짜 그거 아니라고!"를 조금 외쳐 보고 싶었다.

책은 네 부분으로 구성되어 있지만 아무 데나 뒤적이며 마음에 드는 곳부터 펼쳐 읽어도 무관하다. 첫 번째 이야기에서는 이해할 수 없는 'MZ 세대의 취향'을 들여다본다. 도대체 이놈들의 취향은 어떻게 이렇게 양극단에 동시에 존재하는지, 이거라는 건지 저거라는 건지 도무지 종잡을 수 없다고 느끼는 분들에게는 이곳에 실린 글이 도움이 될 것이다.

두 번째 이야기에서는 소위 하루가 다르게 바뀌는 4차 산업혁명 시대를 살아가는 'MZ 세대의 고민'을 스리슬쩍 짚어 본다. 명품에 열광하면서도 짠테크에 집착하는 젊은이들, 유튜버가 되겠다며 대기업을 때려치우는 신입사원들, 미친 듯 등락하는 가상 화폐에 인생을 거는 듯한 광기의 근원에는 모두 '불안감'이 존재한다. 그 불안감의 다채로운 측면을 여러 방향에서 읽어 내는 일은 당사자들에게도 중요하다.

세 번째 이야기에서는 '기성세대가 불편해하는 MZ세대의 측면'과 'MZ세대 내에서도 존재하는 갈등과 차이점'을 살펴본다. 무엇이든 쉽게 좋아하다가도 쉽게 혐오하고, 상대적으로 풍족한 시대에 태어나 자랐으면서도 누구보다 비관적인 우리의 면면을 보여 주고 싶었다. 스스로를 비추는 거울인 만큼 너무 공격적이지도, 너무 방어적이지도 않으려 애썼다.

네 번째 이야기에서는 그럼에도 불구하고 이 세상에 적응하고, 무언가를 조금씩 바꿔 나가 보려는 '젊은이들의 분투'를 다룬다. 불의에 맞서 거리로 쏟아져 나와 몸과 마음을 합쳐 투쟁하던 과거와 방법은 다를 것이다. 대신 각자의 경험을 적극적으로 공유하고, 과거부터 이어져 온 부조리에 반대하며 미래를 위해 나름의 방식으로 싸워나가는 우리의 움직임과 목소리가 의미 있길 바라는 마음을 담았다.

이 책을 가득 채운 이야기들은 나와 내 주변에서 마주친 사람들 수십 명의 경험이 바탕이 됐다. 알파벳 26개로는 한계가 있다 보니, 이야기를 시작할 때마다 새로 리셋한 이니셜 A, B, C(혹은 D)로 돌려 가며 지칭했다. 그들의 목소리 중 80퍼센트는 현실 그대로지만, 20퍼센트는 어쩐지 서로 닮아 있는 사람들의 이야기를 약간씩 겹쳐서 펼쳐 놓았다.

한정된 분량 안에 좀 더 다채롭고 구체적인 모습을 담

기 위해 이야기들을 거울처럼 정확하게 인용하지 않고 재조립 과정을 거쳤다. 그 대신, 마지막 우리 각자의 이야기에서 2000년대, 1990년대, 1980년대생의 인터뷰를 담아 내 주변 목소리의 한계들과 나의 편협함을 보완하고자 했다.

무엇보다도 이 글을 읽으며 나의 또래, 나의 조금 윗세대, 나의 조금 아랫세대가 때로는 고개를 끄덕이고 때로는 "무슨 소리야?"라고 되물으며 이 이야기의 끝에 더 많은 이야기를 이어 가 주었으면 한다. 그렇게 여기에 쓴 이야기들이 누군가가 바라보는 우리뿐 아니라, 자신이 생각하는 나와 너와 우리를 찬찬히 들여다보는 데 도움을 주는 재료가 되기를 바란다.

요즘 것들의 유별난 취향

개성과 취향을 형성해 가는 과정은 길고도 느리다. 남들이 주는 선택지를 그저 수동적으로 받아들이지 않겠다고 마음먹는 것, 내가 좋아하는 것을 직접 고르고 추구하고 실행하는 것, 그렇게 선택한 것들을 내 안의 일부로 자리 잡도록 다져가는 것, 여기에서 한발 더 나아가 때론 남들의 부당한 시선을 이겨 내는 것, 남들의 끈덕진 평가를 받아치기 위해 연습하는 것까지 포함된다. 취향을 찾고 이뤄 가는 건 문자그대로 주체성을 이룩하는 일련의 과정인 셈이다.

INFP인 내가
싫지 않아요

가히 MZ세대의 명함이라고 할 만한 MBTI에 관해 확실한 건 두 가지다. 하나는 내 주변 또래들만 봐도 남녀불문 자신의 MBTI를 대충이나마 알고 있다는 것이고 또 하나는 그들이 다른 어떤 심리 테스트나 성격 유형 검사보다도 MBTI 결과에 더 공감했다는 사실이다.

한때 한국과 일본을 휩쓸었던 '유사 과학의 선봉장'은 '혈액형별 성격 유형'이었다. 4가지 혈액형을 "A형은 소심하다" "B형은 또라이" 같은 식으로 원색적이고 간단하게 표현했는데, 그 시절엔 남녀노소 만나면 혈액형부터 물어보곤 했다.

혈액형별 성격 유형에 비하면 MBTI는 복잡하다. 기본

                         요즘 것들의 유별난 취향

적인 유형 개수가 이미 혈액형의 곱절인 16가지인데다, 최근 업데이트된 기준까지 반영해 한 번 더 나누면 32가지에 이른다. 유형별 이름도 '논리술사' '집정관'처럼 은유적이고 복잡하다. 그런데 사실 MBTI가 우리를 사로잡은 이유가 바로 그 지점에 있다.

깊고도 넓은 MBTI 유니버스

친구들과 MBTI 결과를 공유할 때 "너 무슨 유형이야?"라는 질문은 끝이 아니라 시작에 불과하다. 재미가 솟아나는 지점들은 무궁무진하다. 유형별 이상형은 물론 유형별 대화 스타일, 유형별 맞는 공부법 등으로 줄줄이 이어지는 'MBTI 유니버스'는 참으로 깊고도 넓다.

얼마 전엔 가장 오래된 친구 A와 MBTI 궁합표를 봤는데, '진짜 궁합 최악! 지구 멸망의 길'이라는 결과가 나와서 빵 터진 적도 있다. "그래, 어째 네가 나를 막 대하더라!"하고 서로 타박하면서 말이다. 신뢰도를 알 수 없는 '성격 유형별 평균 소득 통계'에 따르면 나는 16개 유형 중 가장 가난하고, 친구는 그다음으로 가난하다는 분석에 너털웃음을 짓기도 했다.

A뿐 아니라 세상 성격 절반과 '지구 멸망의 궁합'이고, 그 모든 유형 중 '가장 소득이 낮다'는 인프피(INFP)가 바로

내 유형이다. '열정적인 중재자'라는 이름은 알쏭달쏭하지만, 전체 인구의 4퍼센트를 차지한다니 그렇게 희귀한 성격은 아니다. '최악의 상황이나 악한 사람에게서도 좋은 면만을 바라보는 이상주의자'라는 한 줄 요약에는 동의하기 어렵지만, 다른 세부적 묘사를 살펴보면 고개를 끄덕이게 되는 것들이 많다. 이를테면 이런 것들이다.

- 본인 자신뿐 아니라 자신이 속한 세상을 이해하는 것이 매우 중요하다.
- 파트너의 독립성을 존중하고 그들이 더 발전할 수 있도록 지지한다.
- 자기를 표현하려는 욕구와 호기심이 많아서 작가가 되기를 꿈꾼다.
- 경쟁적이거나 비판적인 환경에서는 잠재력을 발휘하지 못하고 움츠러든다.

번외로 덧붙이자면 INFP는 16개 유형 중에 유독 MBTI에 관심이 많다고도 한다(당연히 검증된 정보는 아니다).

등장한 지 30년은 다 된 MBTI가 이 시점에야 선풍적으로 유행하게 된 배경에는 '16퍼스널리티16Personalities'라는 무료 검사 사이트의 역할이 컸다. 성격을 16개 유형으로 나

눈 뒤 유형마다 개괄적인 성격 특징과 장단점뿐만 아니라 연애관, 친구 관계, 잘 맞는 직무 등 분야별로 풍성한 정보를 알려 준다. 각 유형에 이름과 색깔, 이미지를 입혀 놓은 것도 천재적인 마케팅이다. 난해한 알파벳 4개의 조합보다는 한결 이해하고 기억하기 쉬우니까.

사실 이 사이트에서 제공하는 검사는 공식적인 MB-TI(마이어스-브릭스 유형 지표)와는 전혀 다르다고 해도 무방한 수준이다. 기존 MBTI 검사를 변형하고 다른 분석과 결합해서 성격 유형을 16가지로 재구성했다. 그래서인지 현재의 MBTI 열풍을 다룬 수많은 기사 말미에 들어가는 전문가들의 반응은 한결같이 떨떠름하다. "신뢰도가 낮다." "16개 유형에 사람을 모두 끼워 넣을 수 없다." "너무 의존하면 인간관계에 부정적 영향을 끼칠 수도 있다……." 한마디로 이것 역시 일종의 유사 과학이니 맹신하지 말라는 것이다.[2]

평범하고도 특별한 '나'

모든 심리테스트가 그렇듯, 이런 검사의 재미는 '알면서도 과몰입'하는 데서 오는 것이 아닐까? 16퍼스널리티 버전 MBTI의 진짜 매력은 사람의 성격을 외향 혹은 내향으로 간단히 양분하는 대신 구체적이고 다층적인 캐릭터로 표현했다는 것이다. 완벽히 동의하기 어려운 묘사들도 있지만,

나조차 또렷하게 설명하지 못했던 내 모습을 발견할 때마다 짜릿함을 느낀다.

검사 자체도 흥미롭다. 수많은 질문에 답을 고르는 과정 자체가 곧 나를 알아가는 과정이다. 내가 메일함에서 읽지 않은 메일을 죄다 지워 버리고 싶어 하는 사람인지 아니면 수천 개가 쌓여도 아랑곳하지 않는 사람인지, 어떤 질문에 어떤 답을 하는지에 따라 마치 거울에 내 모습이 비치듯 내 성격이 조금씩 드러나는 설정이 얼마나 흥미진진한가?

결과를 받아 든 뒤에는 너무나 평범한 사람인 줄 알았던 내게 의외로 특별한 구석이 있다는 걸 깨닫게 된다. 모나다고 자책했던 내 모습이 많은 사람에게서 나타나는 모습이라는 걸 알고 위로받기도 한다. "생각했던 이상이 이뤄지지 않으면 갑자기 깊은 나락으로 빠져 주변 사람을 힘들게 한다"는 단점을 지적받을 때는 마음이 좋지 않지만, "그럼에도 불구하고 결국 스스로 회복하는 편"이라는 서술에는 응원을 받은 듯 힘이 난다.

각종 보완 텍스트나 전문적인 공식 검사를 찾아 다니며 '자아 탐구'에 적극적으로 몰입하는 사람들도 생긴다. 내가 싫어했던 내 모습을 직시하며 보완하고, 부러워했던 남들의 성격에도 사실 양면성이 있다는 것을 깨닫는 과정은 결국 상처 입은 자존감을 회복하는 과정이기도 하다.

당신을 좀 더 잘 이해하고 싶어서

"MBTI가 뭐예요?"라고 묻는 건 상대를 더 잘 이해하고 싶어서다. "넌 사교적인 사람이니 역시 ESFP일 줄 알았어"라고 단정 짓거나 "저분은 INTJ니까 스몰토크는 싫어할 거야"라고 간단히 넘겨짚고 싶어서가 아니다. 그보다는 좀 더 편안하게 상대를 대하고, 좀 더 깊게 관계 맺고 싶기 때문이다. 쳇바퀴처럼 매일 반복되는 "어제 뭐 했어?" "점심으로 뭐 먹을까?" "내일은 뭐 할 거야?" 같은 질문들에 비하면 MBTI는 깊은 대화로 직행할 수 있는 편리한 입구가 되어 준다.

모임 안에서도 MBTI는 색다른 화제로 조금도 부족함이 없다. 얼마 전에 대학 친구들과의 단체 채팅방에서 '우리 모임 MBTI 궁합'이 잠깐 화제였다. 멤버들이 각자 자신의 MBTI를 입력하면 나와 다른 사람들의 궁합을 각각 여러 색깔의 선으로 보여 주는 기능이었다

각자 자신의 성격 유형을 입력하자 거미줄처럼 색색의 선이 그어지기 시작했다. "확실히 다들 E(외향형)가 많네. 우리 만나면 시끄러운 데에는 다 이유가 있었구나"하며 서로에 대해 다시금 알게 되기도 하고, "나는 원래 INTJ(전략가)였는데 코로나 봉쇄 겪으면서 ISFJ(수호자)로 바뀌었어"처럼 자신의 근황을 전하기도 했다. 10년 가까이 이어진 모임인

데도 어쩐지 푸르른 '천생연분'보다 시뻘건 '파국'이 많아서 오히려 웃음꽃이 피었다. 조용하던 단체 채팅방이 오랜만에 즐겁게 울려 대는 시간이었다.

트렌드학의 대가 김난도 교수식으로 설명하자면, 우리가 MBTI에 열광하는 건 나 자신을 너무나 사랑하는 '셀프홀릭' 때문이다.[3] 그렇다고 해도 그 사랑을 바탕으로 나 자신을 구체적으로, 또 재미있게 알아가고, 결과적으로 예전보다 스스로를 더 사랑할 수 있다면 "MBTI, why not?" 아닐까 싶다.

MBTI 검사는 완벽하지도 정확하지도 않다.[4] 그렇지만 어느 학교를 나왔는지, 어디에 사는지, 얼마나 예쁘고 잘생겼는지와 같은 기준으로 사람을 규정하는 것보다는, MBTI를 주제로 이야기하면서 서로를 이해하려 애쓰는 편이 한결 '본질적 대화'에 가깝지 않은가. 한참 높은 부장님도, 한참 어린 조카도, 세계 최고 갑부도, 아직 일자리를 찾지 못한 친구도, 우린 모두 MBTI로 하나 될 수 있으니까.

할매니얼은 그냥
복고가 아니라

구수한 흑임자 음료가 유행하고

배우 윤여정에게 CF 러브콜이 쇄도하고

펑퍼짐한 치마와 꽃무늬 카디건이 불티나게 팔린다

유통가에서는 MZ세대가 유독 할머니 스타일을 좋아한다며 '할매니얼(할매+밀레니얼)'이라는 말까지 만들어 냈다. 최신 기술에 환장하고 부모 세대를 손쉽게 무시하면서도 할머니 스타일엔 열광하는 MZ세대는 역시 알다가도 모를 존재인 걸까?

외할머니의 품에서 자라난 MZ

엄마는 전업주부다. 우리 집의 가장은 아빠였고 육아를 전담한 건 엄마였다. 내가 할머니 손에 맡겨진 기간은 인생을 통틀어 몇 달 되지 않는다. 그나마도 동생이 갓 태어났을 때 정도다. 외할머니와 친할머니 두 분 모두 서울에 사셨는데도, 할머니 집에서 잠을 자는 건 1년에 두 번 명절 때가 전부였다. 말씀이 별로 없으시지만 늘 나를 짠하게 여겨 주시는 친할머니, 아직도 에너지가 넘쳐서 '왈가닥'이라는 말밖엔 표현할 길이 없는 외할머니. 두 할머니는 고맙고 익숙한 분들이지만, 나와의 관계에선 어딘가 은근하게 어색한 구석이 있다.

그래서였을까, 몇 년 전 친구 A가 외할머니가 돌아가셨다며 세상이 무너진 것처럼 오래도록 슬퍼하던 모습이 내게는 조금 색달랐다. 나 역시 할머니들을 무척 사랑하지만, '언젠가 할머니가 세상을 떠나시면 나도 저만큼 눈물을 흘릴 수 있을까'를 고민하게 됐을 정도로.

A의 부모님은 맞벌이 부부셨다. 말도 제대로 못 하는 꼬마 시절부터 A는 할머니 손에서 자랐다. 어린이집이고 유치원이고 지금처럼 많지 않던 시절이었다. 아빠는 집에 거의 없는 사람, 엄마는 그보다는 좀 덜 없는 사람이었고, 늘 곁에서 자신을 강아지처럼 귀여워해 준 사람은 오직 외할머

요즘 것들의 유별난 취향

니였다.

　친구 B는 대학을 졸업하자마자 지구 반대편으로 유학을 떠나더니 아예 그곳에 눌러앉아 직장을 잡았다. 한국에는 1년에 한두 번 정도나 들어올까 말까 하지만, 늘 친구들보다도 할머니를 먼저 찾는다. 말하는 것만 보면 부모님과는 비즈니스 파트너보다 더 사무적인 관계를 유지하는 것 같은데, 할머니에게만큼은 언제 그랬냐는 듯 사랑스러운 손녀 역할을 톡톡히 한다.

　역시 어렸을 때 부모님이 맞벌이하셨던 지인 C는 할머니에게 마음의 빚이 너무나 크다. 학교에 다닐 적 할머니께 온갖 생떼를 부렸던 게 나이 들수록 죄송스럽기 때문이다. 언젠가 친구들끼리 배우 유승호가 제대했다는 뉴스를 보고 "세월 진짜 빠르다!"라며 옛날이야기를 할 때였다. 그가 영화 〈집으로…〉에서 손주를 위해 생닭을 삶아온 할머니에게 "켄터키 프라이드치킨 달란 말이야! 누가 물에 빠뜨린 닭 달랬어?"라며 고래고래 소리 지르던 일곱 살 상우였던 시절을 이야기하며 우리가 깔깔댈 때도, C는 입가에 쓴웃음만 지었다.

　왜 내 옆에 있어 주지 못하냐며 원망했던 엄마에게, 왜 엄마 말고 늙은 당신만 있는 거냐며 원망했던 할머니에게 동시에 미안한 C는 할머니 건강하실 때 잘해 드려야 한다는 말을 잊을 만하면 하고 또 한다.

할머니, 우리 할머니

할머니는 우리에게 이런 의미다. 깍듯하게 존대해야 하는 여느 집안 어르신과는 조금 다르다. 반말로 농을 치고 떼쓰고 애교 부려도 되는, 가장 살가운 가족이자 '비빌 언덕'이다.

동시에 당신께서는 6·25 전후의 비참함을 견뎌 냈고 극심한 가부장제에 짓눌리며 살아오셨으면서도, 철없는 손주들에게는 모든 것을 내주려 하는 문제의 '전통적이고 희생적인 어머니상'을 간직한 마지막 세대이기도 하다.

일하는 엄마들이 심한 경우 "자식 농사 놓아 버린 여편네"라는 서러운 취급까지 받았던 80년대와 달리, 90년대의 엄마들은 맞벌이를 꽤 많이들 했다.[1] 피아노, 태권도, 보습 학원만으로는 탁아소 역할에 한계가 있어서였을까? 방과 후에 근처 할머니네로 하교해서 엄마가 데리러 올 때까지 기다리던 친구들이 기억난다.

그 시절 부모님들은 방학 때면 시골 할머니 집에 아예 한 달씩 애를 맡겨 놓기도 했다. 온종일 빈집에 어린애들을 저들끼리 덩그러니 둘 순 없으니 불가피한 선택이었을 것이다. 여름방학을 보내고 개학 날 새까맣고 통통해진 모습으로 돌아온 친구들은 대부분 그런 경우였다. 때로는 할머니에게 배운 사투리가 절반쯤만 어색하게 입에 붙은 바람에, 철없는 친구들이 그걸 가지고 놀리기도 했었다.

그랬던 밀레니얼들이 어느덧 아이를 낳고, 일과 육아를 병행하는 고된 이중 노동의 시기에 접어들기 시작했다. 과거에 내 곁엔 없었던 나이 든 엄마에게, 이제는 내가 낳은 아이를 키워달라고 떠맡긴 채 일터로 향한다. 그렇게 자라난 다음 세대들이 할머니와 할아버지에게 느끼는 감정 역시 각별하리라, 나는 감히 생각한다.

물론 대가족 틈바구니에서 자란 중장년층에게도 집안의 제일 큰 어른이자 기둥이신 할머니, 할아버지에 대해 그들만의 집단적 감정이 있을 것이다. 하지만 그것이 MZ세대의 감정과 같지는 않다. '맞벌이 부모님의 커다란 빈자리를 메워 준' 존재로서의 할머니, '대체 불가한 푸근함과 아늑함을 지닌' 존재로서의 할머니라는 맥락을 잃은 채 마케팅 용어로 쓰이는 '할매니얼'이라는 단어는, 그래서인지 어딘가 약간 공허한 분위기를 풍긴다.

맥락을 잃고 납작해진 '뉴트로'

복고 유행은 시대에 따라 조금씩 달라지긴 했어도 어느 시대에나 대중문화의 한 부분을 단단히 차지해 왔다. '문화의 황금기'라고 불렸던 1990년대가 복고의 타깃 시대로 떠오르면서 레트로 마케팅이 화려해지는 것은 자연스러운 일이긴 하다. 변주가 너무 다양해지다 보니 이젠 레트로 앞에 '뉴'까지 붙여 '뉴트로'라는 말이 생겼을 정도다.

그런 뉴트로 트렌드를 MZ 세대론과 엮으면서 만들어진 '할매니얼'이라는 단어가 재치를 잡은 건 분명하다. (정말이지, 세종대왕도 울고 가실 작명 센스가 아닐 수 없다.) 하지만 쓰임새를 보아하니 정작 중요한 맥락은 놓친 것 같다는 느낌을 지울 수 없다.

중장년층에게는 촌스럽고 그리운 것이 MZ세대에게는 신기하고 새로운 호기심의 영역이라서, 요즘 애들 사이에 할머니 스타일이 인기 폭발이라는 생각은 조금 납작하다. 혹시 아름다운 옛 추억 속에 있던 것들이 하나둘씩 유행하는 걸 그저 반가워하는 데에서만 그친 해석이 아닐까? "이야, 너희들도 우리를 '라떼' 취급하며 무시하더니, 그래도 좋은 게 뭔지는 알아보는구나?" 하면서 말이다.

사실 멋진 할머니들을 향한 열광은 소수자(여성이자 노인)를 향한 차별적 시선이 점차 뒤집히기 시작하면서 일었다고 보는 것이 좀 더 정확하다. 이제는 전보다 더 많은 할머니가 마이크를 쥐고 카메라 앞에 설 수 있게 됐다. 덕분에 우리가 그분들의 매력에 퐁당 빠질 기회도 더 늘어난 것이 얼마나 다행스러운지 모른다.

무엇보다 중요한 것은 따로 있다. 조금이라도 나이 든 사람들은 '꼰대'라며 무시하는 MZ세대가 국내외를 가리지 않고 왜 유독 할머니라는 존재는 거부하지 않는지,[2] 왜 할머니의 것을 아끼고 더 확장하려 하는지를 함께 생각해야 한다는 것이다. 할매니얼을 MZ세대의 선호와 더 깊게 연결 지어 보려면, '할매의 입맛'이 쑥인지 인절미인지만 생각할 것이 아니라는 말이다.

할머니를 연상시키는 것들이 트렌드를 이루는 이유는, 우리가 구수함과 다정함 그리고 여유 있는 따뜻함을 원하고 있기 때문이다.

흑임자는 사실 2000년대 후반에 이미 슈퍼푸드로 열풍을 일으켰던 검은깨의 다른 이름일 뿐이다. 하지만 우리가 이제 와서 흑임자와 인절미를 찾는 것은 건강을 생각해서가 아니다. 그보단, 어렸을 적 우리의 혀에 오래도록 각인된 고소한 미숫가루 맛을 그리워해서다. 플로럴 패턴도 사실 매해 봄마다 돌아오는 뻔한 유행이다. 하지만 할머니의 깊은 옷장에서 갓 꺼낸 것 같은 '그 시절의 꽃무늬'는 분명히 최근의 유행이다.

편안함, 안도감, 할머니가 우리에게 주었던 사랑에 대한 그리움. 그것이 할매니얼 유행의 본질적인 이유다. 나는 할

매니얼이라는 단어가 그저 마케팅이 좀 더 예리해지고, 네이밍이 좀 더 화려해지며 나타난 '한 철 유행어'로만 여겨지지 않길 바란다.

온갖 꾸덕하고
녹진한 것

━━━━━━━━━━━━━━━━━━━━━━━━━━━◆

브라우니도 꾸덕, 그릭요거트도 꾸덕, 파운데이션도
꾸덕
곱창전골도 녹진, 우니도 녹진, 파스타도 녹진

요새 유행하는 것들은 8할은 꾸덕하거나 녹진하거나,
둘 중 하나다. 음식뿐만 아니라 웬만한 것 전부 말이다. 걸
쭉하고 되직하고 조밀하고 쫀득하다는 온갖 말들을 제치고,
꾸덕하고 녹진한 것들이 젊은이들의 입맛과 마음을 동시에
사로잡은 이유는 무엇일까?

아낌없이 듬뿍 쏟아 넣은 바로 그 느낌

"진짜 꾸덕해!" 이렇게 말하면 웬만하면 칭찬이다. 아닌 게 아니라, 내 주변 사람들은 꾸덕한 걸 정말 좋아한다. 음식이 꾸덕하다는 건 종류가 무엇이든 일단 맛있다는 뜻이다. 화장품은 개인의 취향에 따라 갈리긴 해도, '주름 개선 화장품'이나 '극 건성 피부용 크림'에만 한정한다면 하여간 괜찮다는 뜻이다. 사용례는 "한눈에 봐도 꾸덕꾸덕한 제형으로, 보습감이 묵직해요!" "꾸덕한 질감이라 바르고 자면 아침까지 촉촉해요" 등이 되겠다.

놀랍게도 '꾸덕하다'라는 단어는 사실 북한말이다. 우리말샘에 따르면 사전적 의미는 "물기 있던 물건이 마르거나 얼어서 굳은 듯하다"라고 설명되어 있다. 코다리처럼 반쯤 말린 생선에나 쓰던 표현이라고 하는데, 예문을 살피면 살필수록 더더욱 뜻밖이다. 맛 칼럼니스트 황교익이 2012년에 쓴 글에는 이렇게 나와 있다.

> "꾸덕꾸덕 말린 생선이 더 맛있다. (중략) 말리는 과정에서 비린내 나는 미끌미끌한 물질이 제거되고 생선살에 있는 자체 효소가 단백질을 아미노산으로 분해하면서 감칠맛이 더해지기 때문이다."[1]

하지만 '꾸덕하다'라는 표현이 해풍에 말린 반 건조 생선에나 쓰이는 북한말이라는 걸 누가 얼마나 알고 있겠으며, 설령 그렇다 해도 무엇이 중하랴. 우리들이 열광하는 포인트는 '꾸덕하다'를 입과 혀로 발음할 때 연상되는 바로 그 식감과 촉감이다.

그건 일종의 '에누리 없이 살뜰한 질감'이나 '물 타지 않은 느낌'과 비슷한 의미다. '꾸덕한 브라우니'는 푸석푸석한 검은색 밀가루 덩어리가 아니라, 씹는 순간 치아에 찰싹 들러붙을 정도로 초콜릿을 아낌없이 넣은 브라우니다. '꾸덕한 아이스크림'은 우유에 설탕과 색소만 넣은 딱딱한 바 아이스크림이 아니라, 온전한 형체를 충분히 유지하면서도 식감이 쫀득하고 밀도 높은 젤라또 같은 아이스크림이다.[2] '꾸덕한 영양 크림'도 마찬가지다. 전 성분 중 정제수 99퍼센트에 유효 성분은 병아리 눈물만큼 대충 첨가한 화장품이 아니라, 온갖 피부에 좋다는 것은 듬뿍듬뿍 넣어서 내 피부를 쫀쫀하게 빛나게 해 줄 '비싼 화장품'의 느낌을 충분히 감상할 수 있다는, 바로 그런 뜻이다.

진하고도 고급스러운 바로 그 느낌

'꾸덕' 유행의 뒤를 이은 '녹진'도 비슷하다. 흔치 않고 꽤 고급스럽게 들리는 이 '녹진하다'라는 말은 어느 순간부터 '꾸덕하다'처럼 아무 데나 손쉽게 붙기 시작했다. 추측건대, 아마도 음식 유튜버 참PD가 리뷰 영상에서 수시로 쓰면서 대중적으로 퍼진 것이 아닐까 싶다. 참PD는 '녹진하다'라는 말을 너무도 사랑한 나머지 시청자들을 '녹진이'라는 애칭으로 부를 정도니까 말이다.[3]

'녹진하다'라는 단어는 어감 자체가 멋지고 몽환적이다. 뜻을 정확히 모르더라도 한 번 듣고 나면 이곳저곳에 자주 활용하고 싶어지는 말이기도 하다. 그 활용이 "물기가 약간 있어 녹녹하면서 *끈끈하다*"라는 사전적인 뜻에는 대부분 딱 맞아떨어지지 않는다. 그런 걸 따지기보다는 깊고, 진하고, 풍미로 가득하고, 원래의 묽은 것에 무언가 고급스러운 것이 더해진 느낌을 풍기고 싶을 때 이 단어를 꺼내 들게 된다.

'녹진한 감자탕'은 대충 미원을 때려 넣은 맑은 국이 아니다. 끓이고 또 끓여서 녹말과 기름기와 여타 재료들이 가득 우러나온 국물이 있어야 한다. '녹진한 리소토'는 국물에 말아 밥알이 동동 뜬 국밥 같으면 안 된다. 보들보들한 밥알이 진득한 크림과 한 몸으로 엉겨 붙어 포크로 떠내도 모양이 유지되는 그런 요리여야 한다.

저마다의 허전함을 채워 줄 바로 그 맛

매달 회비를 모으는 친구들과 정말 오랜만에 반가운 회동을 약속한 날이었다. 모두가 "난 어디든 다 괜찮아~"라며 서로 배려하는 카톡만 되풀이하기에 내가 장소를 골라보겠다며 의욕을 부렸다. 회사 근처에 키토제닉(저탄수화물 고지방), 지중해 식단 같은 온갖 건강한 콘셉트의 음식들을 죄다 모아놓은 곳을 떠올렸다. 꽤 예쁘고 비싼 곳이라 회비로 마음껏 주문해 보려는 요량이었다.

회사 선배들과 갔을 땐 건강한 맛과 화려한 분위기에 반응이 좋았던 터라, 나름대로 자부심을 갖고 친구들을 데려갔지만, 반응이 영 떨떠름했다. 음식이 나오자 사진은 열심히들 찍었지만, 한 젓가락씩 먹어본 뒤에는 "음, 건강한 맛이네~^^;;"하며 난감한 표정들을 지었다. 주문한 음식이 나올 때마다 어색한 품평을 이어가던 친구들은 메인 요리가 다 나온 뒤에 '꾸덕하고 달디 단' 디저트들이 테이블에 도착하자 그제야 표정을 풀었다.

"이제야 좀 자극적인 맛이다. 오늘 너무 건강한 음식만 먹었어!"

유쾌하게 웃으며 앞다퉈 포크를 가져다 대던 친구들의 얼굴을 떠올리면 지금도 웃음이 난다. 그날 그 자리가 마지막까지 건강하고 담백한 음식들로만 채워졌더라면, 우리는 얼마나 아쉽고 허전한 마음으로 자리에서 일어났을까?

꾸덕하고 녹진한 맛이라는 건 크림, 기름, 치즈, 설탕이 있어야 비로소 완성된다. 맑은 국물과 가벼운 식감이 아니라, 묵직하고 풍부하고 기름진 맛 말이다. 할매니얼 유행에 편승한 흑임자나 인절미, 밤도 결국 비슷한 맥락이다. 요즘 애들이 진정 할매 입맛에 빠져있다면, 왜 식혜나 수정과, 강정은 여전히 인기가 없을까? 꾸덕하지도, 녹진하지도 않기 때문이다. 전통적인 재료 중에서도 오직 '꾸덕하고 녹진하게' 만들 수 있는 맛들만 유행한다. 아니, 새로운 '꾸-녹' 재료들을 찾다 보니 거기까지 갔다고 말하는 것이 더 정확할지도 모른다.

우리가 더 꾸덕하고 더 녹진한 것을 찾아 헤매는 이유는 담백하고 삼삼하기만 한 음식만으론 내 안의 빈 곳이 채워지지 않을 때가 있기 때문이다. 어른들은 '돌도 씹어 먹을 나이'라고들 말하지만, 사실 10대, 20대, 30대는 생각보다 건강에 집착한다. 의지와 관계없이 앞으로 살아 나가야만 할 날들이 너무 오래 남았으니, 싫어도 어쩔 수 없다.

몸 관리를 하겠다며 편의점에서 산 차가운 '닭고야(닭가슴살+고구마+야채)'로 식사를 때우기도 하고, 술에 절어 버린 간을 해독하겠다며 샐러드와 과일을 찾아 다니기도 한다. 하지만 맑고 깨끗하고 건강한 음식들만 가지곤 허전할 때가 있다.

허전함의 이유는 저마다 다르다. 일과 공부에 지쳐서일 수도 있고, 내 맘처럼 되지 않는 인간관계에 데어서일 수도 있다. 나름대로 열심히 살고 있지만 텅 빈 주머니는 채워질 기미가 보이지 않아서일 수도 있고, 혹은 인생에서 가장 빛 나야만 할 것 같은 이 청춘의 나날이 쳇바퀴처럼 매일 똑같 이 굴러가는 것이 그저 지루하고 허탈해서일 수도 있다.

그래서 오랜만에 그리운 친구들을 만나거나 사랑하는 사람과 데이트할 때, 하다못해 먹방이라도 보며 일상에서 벗어나고 싶을 때는 더 걸쭉하고 더 자극적인 것을 내 안에 채워 넣고 싶어진다. 그래야 저 위까지 텐션을 끌어올릴 수 있고, 그래야 오늘 밤 우리의 만남도 더 진득할 수 있다. 맛 이 녹진한 것만으로는 모자라서 분위기까지 녹아나는 노포 를 찾아 헤매는 이유이기도 하다.

건강에 안 좋은 음식들이라고 너무 걱정할 건 없다. 차 라리 맛있게 즐기고 확실히 운동하는 편을 택할 테니까. 재 료 본연의 맛 따위는 모르는 애들이라고 깎아내릴 것도 없 다. 어차피 나이 먹으면 알아서 그런 자연스러운 음식들을 찾을 테니까. 사실 생각해 보면, 젊은 애들이 절밥을 좋아하 는 게 오히려 더 부자연스러운 일이지 않을까?

쭉쭉 늘어나는 치즈에 환호하고, 폭포처럼 흘러내리는

소스에 열광하고, 걸쭉하고 기름진 국물에 찬사를 보내는 아이들을 보면서 굳이 "요새 젊은것들 입맛이란……" 하면서 혀를 끌끌 찰 필요는 없다는 말이다. 원래 그런 것만 찾는 애들이 아니라 그럴 때가 있는, 아니 꽤 많은 애들이 종종 그런 거니까 말이다.

취향과 갬성 찾아
삼만리

✦

취향은 사실 '개인주의자 선언'이다. 남들의 취향을 존중할 테니, 내 취향도 존중받고 싶다는 선언.

취미 생활로 음악 감상, 영화 감상, 독서 중 하나를 골라야 했던 옛 시절엔 답답해서 다들 어떻게 살았을까? "사실 난 이런 걸 좋아해요"라고 솔직하게 고백하면 "다 큰 어른이?" "남자/여자가 무슨……" "그렇게 할 게 없냐?"처럼 핀잔 섞인 반응들이 돌아오던 그 시절 말이다.

다행히도, 무난하지 못한 것이 문제로 여겨졌던 시절을 지나 이제 우리는 '오직 나만의 취향'과 '요즘 핫하다는 갬성'을 찾아 매일 헤매고 있다.

'개인의 취향'이라는 방패

취향은 '고마운 방패'이기도 하다. 존중하고 존중받는다는 건 당신과 나 사이에 적정선을 긋는 일이다. "그냥 그게 내 취향저격이라서"라는 말은 때로 맥락에 따라 경고일 수도 있다. 내가 무엇을, 왜, 어떤 점에서 좋아하는지 정말로 궁금해서 묻는 질문이라면 얼마든지 기꺼운 마음으로 답해줄 수 있다. 다만 내 취향의 이유와 배경을 당신 멋대로 짐작하고 평가하고 해석하는 것은 거부하겠다는 뜻이다.[1]

어른들에게는 이런 태도가 싹수없고 무례해 보일지도 모른다. 어쩌면 "하여간 요즘 애들은 버르장머리가 없다니까"라며 혀를 끌끌 차게 만들지도. 하지만 반대로 생각하면, '개취(개인의 취향)'라는 방패가 없던 시절에 쏟아지던 질문들이야말로 정말 공격적인 창이었다. 막말을 막말인 줄도 모르고 무심코 던지는 일이 비일비재했으니까.

👀 　갑자기 머리를 왜 그렇게 잘랐어? 실연당했어? 아니면 누구한테 반항하는 거니?

👀 　아니, 그냥 이 스타일이 시원해 보여서 잘라봤어. 그러는 네 머린 왜 그런데?

👀 　30대 아저씨가 무슨 레고를 그렇게 사 모으

냐? 애들도 아니고.

👀 재미있잖아. 레고 만든 사람도 다 애들 아니었어. 그리고 애들 무시하니?

👀 어디 가서 술 좋아한다는 얘기 좀 하고 다니지 마. 여자가 그러면 싸 보여.

👀 아니, 난 주정뱅이가 아니라 미식가일 뿐인데? 왜 당신 맘대로 평가해?

고맙게도 이젠 시대가 조금씩 달라지고 있다. 수많은 편견으로 겹겹이 싸인 이런 질문 세례에 더는 일일이 해명할 의무가 없다. 나쁜 의도가 없었다고 괜찮았던 것은 아니다. 지금이 "남들에겐 어떻게 보일지 모르겠는데, 난 이런 거 좋아하는 사람이야"라고 당당하게 말할 수 있는 시대라 다행이다.

"(남들의 시선은) 신경 쓰지 않습니다. 제가 입고 싶은 대로 입고요, 이렇게 입으면 기분이 조크(좋거)든요."[2]

90년대에 이미 크롭티를 입고 저녁 메인 뉴스에 등장해 X세대의 당당함을 보여 줬던 우리의 '조크든요' 선배. 여유로운 미소가 강단 있어 보였지만, 아마 사방에서 이러쿵 저러쿵 품평하던 탓에 마음고생을 조금 하시지 않았을까 싶다. 그래도 그들이 한 땀씩 쌓아 올려준 '뻔뻔함' 덕분에, 우리는 이제 한결 더 튼튼하고 자유로운 취향의 시대를 열어나가고 있다.

어렸을 땐 나도 엄마가 입으라는 대로 입고, 하라는 것만 해야 하는 줄 알고 살았다. (심지어 우리 엄마는 꽤 조신하셨던 분이었다.) 조금씩 나이를 먹고 조금씩 정신을 차린 뒤에야 그럴 필요가 없었다는 걸 뒤늦게 깨달았다.

그때부터 소심한 모험이 시작됐다. 기타를 배우겠다며 손톱을 바짝 깎고 동네 학원에서 초등학생들과 교습을 받았고, 신발 코에 번쩍이는 금속이 달린 스니커즈를 끌고 다녀서 "누구 조인트 까려고 그러니?" 같은 소리를 듣기도 했다. 시판 다이어리가 마음에 안 들었던 나머지, 다다닥대는 구식 잉크젯프린터로 커버는 물론 속지까지 밤새 뽑고 접어서 만든 시답잖은 다이어리를 작품이랍시고 자랑스럽게 들고 다니기도 했다.

엄마의 성에 영 차지 않는 남자친구를 만나다가 "내가 널 어째 쉽게 키웠다 했더니, 다 커서는 어쩜 이렇게 건건이 말을 안 듣니!" 하는 잔소리까지 들었던 것은 좀 유감스럽게 생각한다. 그럼에도 불구하고 내가 무엇을 좋아하는지,

좋아할 수 있는지, 좋아하고 싶은지를 알아보려고 한계 없이 시도하고 시험했던 그 시기야말로 잔잔한 도전의 출발점이었다.

개성과 취향을 형성해 가는 과정은 길고도 느리다. 남들이 주는 선택지를 그저 수동적으로 받아들이지 않겠다고 마음먹는 것, 내가 좋아하는 것을 직접 고르고 추구하고 실행하는 것, 그렇게 선택한 것들을 내 안의 일부로 자리 잡도록 다져가는 것, 여기에서 한발 더 나아가 때론 남들의 부당한 시선을 이겨 내는 것, 남들의 끈덕진 평가를 받아치기 위해 연습하는 것까지 포함된다. 취향을 찾고 이뤄 가는 건 문자 그대로 주체성을 이룩하는 일련의 과정인 셈이다.

취향을 공유하는 공동체

지금과 같은 취향의 시대에는 과거 핍박받던 마이너한 취향을 가진 사람들이 "나 알고 보니 혼자가 아니었구나!" 깨달으며 기뻐하기도 한다. 취향 소수자도 엄연한 소수자다. 함께 연대하며 소위 '주류'로 불리는 이들에 맞서 단일 정체성을 공유할 수 있게 됐으니 신이 날 수밖에 없다.

"치약을 왜 돈 주고 사 먹냐?"라는 비아냥을 샀던 온갖 민트초코 맛 먹거리들은 이젠 '민초단'의 거룩한 수호를 받고 있다. 아직은 논란의 영역에 갇혀 있는 '파인애플 피자파'

들도 민초단의 부흥에 자극받는 듯하다. (참고로 난 민초는 별로지만 파인애플 피자는 너무 좋다. 파인애플은 구우면 구울수록 맛있다는 건 너무도 당연한 사실, 아니 진리다!)

옛날엔 한쪽이 당연했고 다른 쪽들은 모두 유난스러운 것이었다. 유난스러운 것을 좋아하는 사람들은 취향을 억누르거나, 부끄러움과 눈살을 무릅쓰고 소신을 드러내야 했다. '대체 이게 뭐라고……'라는 억울함은 속으로 삼키면서 말이다. 하지만 이제는 아니다. 이쪽이든 저쪽이든 자신의 취향을 얼마든지 내세울 수 있게 된 것이다.

각종 '갬성' 열풍들도 결국은 취향에서 이어진다. 감성과 갬성은 엄연히 다르다. 내 취향에 쏙 드는 것들에 담뿍 담은 애정을 드러내고 싶고, 내 눈에 멋져 보이는 것들도 여기저기 자랑하고 싶은데 똑 부러지게 표현할 말을 찾기는 어려울 때, 그럴 때 쓰는 마법 지팡이가 바로 갬성이다.[3]

갬성 앞에는 어떤 말이 붙든 상관없다. #루프탑갬성 #시골갬성 #오션뷰갬성처럼 말이다. 갬성 뒤에도 역시 무엇이든 붙일 수 있다. #갬성카페 #갬성숙소 #갬성글처럼 쓰면 개성 넘치고 특색 있는 분위기를 아우르게 된다.

누군가는 요새 열광하는 갬성이 "알맹이는 다 똑같은데 포장만 번지르르한 것"이라며 비웃는다. 하지만 중요한 점은 '포장만 다른' 것이 아니라는 점이다. 포장이 다른 것은

'실제로 다른' 것이다. 재미와 의미를 굳이 어렵고 복잡한 데에서 찾을 필요가 없다. 그 색다른 콘셉트가 바로 재미와 독특함을 뿜어내는 핵심이다.

한때 편의점에 들어오는 족족 동날 정도로 품절 대란을 빚었던 '곰표 밀맥주'는 맛이 너무 좋아서 인기를 끌었던 게 아니다. 새하얀 분이 폴폴 날리는 밀가루 포대의 그 북극곰이 대문짝만한 곰표 라벨 아래서 천연덕스럽게 맥주를 꿀꺽꿀꺽 마시는 그 포장, 바로 그 갬성이 매력 포인트다.

그 갬성이 주류든 비주류든 중요치 않다. 갬성은 처음 보는 사람들이라도 곧바로 '취향 공동체'를 형성할 수 있게 만드는 강력한 힘이니까. 같은 음악, 같은 분위기, 같은 공간 속에서 같은 음료 잔을 부딪치며 "캬, 바로 이 갬성이지!"를 함께 외칠 수 있다면 그것으로 충분하다.

취향이 사치스러울 필요는 없어요

사실 취향이 지배하는 분위기는 누군가에겐 때로 폭력적이라고 느껴질 수도 있다. 한때는 "혼자 툭 튀어나오지 말고, 남들 하는 대로만 해"라는 압박이 세상을 지배했었다. 반대로 이제는 "남들이 하라는 대로 하지 마. 넌 세상에 하나뿐인 사람이야! 네가 원하는 대로, 하고 싶은 대로 해!"가 너무 강력한 압박이 돼 버렸다. "넌 뭘 좋아해?"라는 질문에

"글쎄, 난 잘 모르겠어⋯⋯"밖에 달리 할 말이 없을 땐 무언가가 모자란 사람이 된 것처럼 부끄럽기까지 하다.

하지만 만약 또렷한 취향이 없는 사람을 반드시 갖춰야 할 것을 못 갖췄다거나, 뒤처지는 사람으로 취급한다면 몹시도 무례한 일이다. 사실 우리 대부분 취향을 생각할 새 없이 그저 하루하루 삶을 버티는 것만 해도 큰 도전 과제니까.

매번 새롭고 참신한 시도를 하려면 경제적 여유와 시간 그리고 체력이 필요하다. 무엇보다 마음가짐을 넉넉하게 갖춰야 한다. 여유가 결핍된 일상에 허덕이면서 개성을 가꾸는 사람으로 돋보이는 것은 절대 쉽지 않다. 일상만으로도 지치는 사람들은 대개 그럴 에너지가 없다. 그렇다 보니 결국 무난하고 평범한 '원 오브 뎀one of them'으로서의 삶으로 도피하고 싶어지는 것이다.

하지만 취향을 그저 '돈 많은 한량들의 전유물'이라거나 '나와는 거리가 먼 것'이라고 생각하는 사람이 있다면, 나는 "절대 그렇지 않다"고 말해 주고 싶다. 적잖은 투자가 필요한 취미들을 쇼핑하듯 시도하고 손쉽게 갈아치우는 사람들에게 위화감을 느낄 필요도 없다.

명확한 취향을 가진 사람을 만나고 자신도 몰랐던 취향을 찾아 나서는 건, 그 자체로 스스로의 세계를 확장하는 일이다. 만일 자신이 '워라밸'을 지킬 수 있는 종류의 일을 한다면 취향의 가치는 더더욱 크다. 일이 점유하지 않는 개인적인 시간을 허투루 보내는 대신 나 자신을 풍요롭게 하는 것들로 채우고 싶다면 말이다.

아직 자기 취향을 잘 모르겠다면 이제부터 탐구하면 된다. 가만히 앉아 있다가 갑자기 무언가를 좋아하게 될 리는 없다. 주변 사람들과 대화해 보고, 그들이 좋다는 수많은 것 중 괜찮아 보이는 것을 형편에 맞게 하나씩 시도해 보는 것도 간편한 방법이다. 커피를 좋아한다면 주말마다 전국의 로스터리를 찾아 다니며 다양한 원두의 풍미를 즐겨볼 수도 있지만, 우선은 마트에서 파는 인스턴트(동결 건조) 커피를 종류별로 테이스팅해 볼 수도 있다.[4]

이런 '즐거운 노동'은 혼자만 몰래 즐겨서는 제맛이 안 산다. 그럴듯하게 사진을 찍고 같이 즐길 벗을 찾아보자. 나아가 더 갬성 있는 곳을 찾아 나서는 여정까지 감수할 수 있다면 우리네 취향 형성 과정에는 감칠맛이 더해질 것이다.

같은 아날로그,
같지 않은 의미

───────────────────────────────✦

내가 아주 어린 꼬마였을 때, 이모할머니가 사셨던 윗집
엔 복잡한 단추가 많이 달린 전축이 있었다. 둔탁한 2.2채널
스피커가 딸려 있던 그 오디오는 유리 장식장 안에서도 묵
직한 존재감을 뿜어냈다. 가끔 나를 포함한 애들이 이것저
것 자꾸 손대기 시작하면 어른들은 장식장 틈에 끼워 놓았
던 여러 LP판 중 김현식의 음반을 먼저 꺼내 틀어 주곤 하
셨다.

새까만 그 전축은 곧 고장 나고 말았다. IMF 외환 위기
가 저만치서 닥쳐오던 1997년쯤이었을 것이다. 라디오나
카세트테이프 재생에는 문제가 없었지만, LP 플레이어가
말썽이었다. 어른들은 오디오를 고치지도 않고 쓰며 몇 년을

버텼다. 그러다 얼마 지나지 않아 결국, 구청에서 끊어 온 '대형 가전제품 폐기물' 딱지를 붙여 전축을 대문 앞에 내놨다.

밀레니얼 세대가 태어나고 자라던 즈음, 그렇게 LP의 시대가 저물었다. 필름 카메라도 마찬가지였다. 밀레니얼들은 그래도 코닥 아니면 후지필름 혹은 저화질 비디오테이프에 어렸을 적 모습이 담겼다. 태어나길 이미 디지털 세상에 태어난 Z세대는 그나마도 없었다. 그들의 어린 시절은 아무리 빨라 봐야 똑딱이 디지털카메라나 캠코더 속의 메모리카드에 담기기 시작했을 것이다.

MZ세대의 절반은 아날로그 기기들을 만져보기는커녕 그곳에 자기 모습이 담겨 본 적도 없다. 그런 그들이 '아날로그'에서 느끼는 것은 당연히 윗세대들의 향수와는 다를 수밖에 없다. MZ는 아날로그의 낡음이 아닌 새로움에, 싸구려가 아닌 고급스러움에, 무엇보다 그리움이 아닌 신선함에 사로잡히는 것이다.

필름 카메라와 턴테이블

1985년에 발매된 니콘 AD3 카메라는 전원의 개념이 따로 없다. 손으로 플라스틱 스위치 버튼을 밀어 렌즈를 열면 사진을 찍을 수 있다. 반 셔터를 누르면 자동으로 초점이 맞춰지고, 플래시와 타이머 버튼도 따로 있어 당대에 꽤 휘

날렸던 보급형 콤팩트(이런 물건에는 '컴'보다는 아무래도 '콤'이 어울린다) 필름 카메라다. 지금도 여행 짐을 꾸릴 때마다 챙겨 넣는 이 카메라는 사실 부모님이 물려 준 것이다. 내가 빼앗아 왔다고 쓰는 게 조금 더 정확하겠지만.

부모님은 1990년도에 결혼하셨으니 아마 이 카메라는 1989년이나 1990년쯤 생산된 것이 아닐까 짐작해 본다. 탄력 있는 스위치를 밀어 렌즈를 열고 손톱만 한 뷰파인더에 눈을 갖다 대면 희미한 초록색 불빛이 깜빡인다. 검지로 셔터를 누르면 '칠'하고 한 템포 뜸들이다가 손가락을 떼는 순간 '컥!'하며 경쾌한 기계음이 울려 퍼진다.

무엇보다 압권인 것은 36컷을 다 찍은 뒤에 미친 듯이 왱왱대는 필름 감기는 소리다. 당황스러울 만큼 한참 동안 요란을 떨다가 어느 순간 뚝 끊기면, 이제는 조심스럽게 커버를 열어도 되는 시간이다. 자그마한 톱니바퀴에 걸쳐진 얇은 플라스틱을 들어 올린 뒤 살짝 힘을 주면 달칵, 하고 필름 롤을 뺄 수 있다. 남은 과정은 현상소에 찾아가서 필름을 맡긴 뒤 설레는 마음으로 기다리는 일뿐이다.

한편 친구 A는 턴테이블에 빠져 있다. A가 가성비 좋은 모델로 입소문 난 오디오 브랜드 인켈의 턴테이블을 중고로 매입한 것은 2018년. 이태원 현대카드 뮤직 라이브러리에서 턴테이블 실물을 처음 접한 그는 바늘을 올려놓자 LP판이 돌아가며 음악이 흐르기 시작하던 그 순간을 잊지 못했다. 결국 발품에 발품을 판 끝에 2년 만에 턴테이블 장만에 성공했다. '찐 아날로그' 감성을 추구하며 선택한 완전 수동형 모델이었다.

스마트폰으로 듣는 음악이 손가락 하나만 까딱하면 흘러나오는 가벼운 무언가라면, 어떤 음반을 들을지 손끝으로 넘겨 가며 LP를 고르고 턴테이블을 켜고 바늘을 제자리에 위치시켜 듣는 음악은 '리추얼ritual'이자 복합적인 체험에 가까웠다. 그 불편하고 수고로운 과정에 그는 점점 빠져들었다. 처음엔 LP판 가격이 만만찮아 '한두 장만 사서 마르고 닳도록 들어야지' 다짐했지만 오래가지 않았다. 몇 번이고 "이건 꼭 사야 해!"를 외치다 보니 이제는 나름대로 LP 컬렉션을 갖추게 됐다.

SNS와 유튜브에 올린 영상을 본 지인들이 선물해 주는 LP판도 쏠쏠하다. 별다른 연출도 없이 그저 턴테이블로 음악을 재생시키기만 한 영상들이 오히려 공들여 찍은 여행 영상보다 조회 수가 압도적으로 높다며 그는 멋쩍게 웃었다.

'인스타그래머블'한 아날로그

인스타그램과 유튜브는 분명히 아날로그 붐의 중요한 원동력이다. 아날로그적인 것은 '더 좋은 사진'이 나온다.

SNS에 당장 찍어 올리고 싶은 콘텐츠를 생산하기엔 디지털보다 대체로 한 수 위인 셈이다. 익숙하면서도 잘 정돈된 형태를 갖췄기에 훌륭한 피사체일 수밖에 없다.

게다가 아날로그는 우아하다. 멜론이나 스포티파이 같은 음악 앱에서 내가 듣는 곡을 공유하려면 스마트폰으로 스마트폰을 찍는 괴상한 일을 벌이거나, 고작해야 버튼 두 개를 눌러 화면을 캡처하는 정도가 다다. 반면 턴테이블 위에서 LP판이 빙글빙글 돌아가는 모습은 사진으로만 찍기엔 아쉬워 영상을 남길 정도로 아름답다. LP판을 수집할 여력은 없지만 턴테이블의 감성은 갖고 싶은 사람들은 턴테이블 모양의 블루투스 스피커를 사들이기도 한다.

종이책도 이젠 '사진으로 찍었을 때 아름다워야 하는 물건'이 됐다. 책의 내용이 중요한 시대엔 가볍고 저렴한 페이퍼북이 비싸고 묵직한 하드커버보다 잘 팔렸지만, 더는 그렇지 않다. 표지가 점점 화려해지고, 책날개 디자인이 다채로워지고, 잘나가는 책들은 북 커버만 바꿔 갖가지 에디션으로 출시하는 마케팅이 이어지는 이유다.

카메라를 대하는 태도 역시 새로워졌다. MZ들은 필름 카메라로 찍은 사진들을 인화지에 '인화'하는 대신 이미지 파일로 '스캔'한다. 사진은 앨범에 끼워 두거나 액자에 넣기 위한 것이 아니라, 누군가에게 카톡으로 보내거나 SNS에 올리기 위한 것이다. 폴라로이드로 사진을 찍은 뒤에도 우리는 결국 왼손에 서서히 선명해지는 인화지를 들고 오른손으로 스마트폰 카메라 앱을 켜지 않는가.

당연히 디지털카메라나 스마트폰으로 사진을 찍어서 올리는 편이 훨씬 빠르고 편하다. SNS에는 수많은 사람이 그렇게 찍어 올린 사진들이 차고 넘친다. 그 넘실대는 파도 속에서 약간의 불편함을 감수하고 담아낸 아날로그 사진은 독특한 아우라를 뿜어낸다. 비록 확장자는 똑같은 JPG 파일일지라도, 그 안에 담겨 있는 필름만의 독특한 질감은 매끄러운 스마트폰의 디지털 렌즈로는 결코 흉내 낼 수 없다.

퍼스널하고 절제된 신비로움과 온기

물론 '인스타 욕심'이 우리의 아날로그 사랑에 한몫했을지언정, 그게 전부는 아니다. 플라스틱 필름과 묵직한 턴테이블, 파삭파삭한 종이 질감을 향한 우리의 마음은 본질적으로 '동경'이다. 각자의 서사에 따라 그 동경의 결에는 꽤 차이가 있지만 말이다.

뻑뻑한 다이얼을 돌려 겨우겨우 라디오 주파수를 맞추고, 고장 난 전축의 턴테이블에 누군지도 모르는 가수의 LP판을 올리고 손으로 뱅뱅 돌려보던 어린 시절이 있었다. 두툼한 표지의 먼지 쌓인 옛 앨범엔 예의 그 니콘 콤팩트 카메라로 찍은 천방지축 우리 남매의 사진이 비닐 칸마다 들어 있다. 초등학생 때, 가위로 오려 낸 신문 사진을 풀로 종이에 붙여 방학 숙제를 냈던 그 시절, 모든 것을 손으로 만질 수 있었던 그 마지막 시절이 밀레니얼들의 유년기다.

약간의 향수를 갖춘 M들에게 아날로그는 일종의 '고급스러운 빈티지 아이템'이다. 추억 속에 존재하던 어른들의 물건이자 한때는 꽤 비싸고 귀했던 아날로그 아이템들을 이제 자기 돈으로 사 모을 수 있게 되면서, 어떤 이들은 수집가의 욕망을 한껏 뿜어내기도 한다.

반대로 Z들에게 아날로그는 '신선함'이 크다. 한 제지업체 크리에이티브 디렉터의 말마따나, 디지털 네이티브인 이들은 오히려 '종이에 가장 관심이 높은 세대'일지도 모른다.[1] 고화질 디스플레이가 일상 용품인 사람들에겐 펄프로 만든 종이가 오히려 미학적일 수 있다는 것이다.

자란 과정이 다른 만큼 M과 Z의 아날로그 사랑은 맥락 또한 완전히 다르다. 그런 두 세대가 모두 공감하는 지점은 '물성物性'의 매력에서 비롯된다. 디지털 콘텐츠 역시 '아날로그적인 터치'를 더했을 때 훨씬 더 매력적이다.[2] 디지털 세상에서는 모든 게 편리하고 손쉽다. 하지만 무엇이든 공들인 만큼 더 큰 가치를 지닌다는 사실은 변하지 않는다. 내 시간을 들여서 현상한 사진, 내 어깨에 느껴지는 가방 속 책 한

권의 무게, 내 손을 움직여 재생하는 선율에 더 많은 애정이 실릴 수밖에 없다. 《어린 왕자》의 여우가 "네 장미가 그토록 소중한 이유는 네가 장미에게 들인 시간 때문이야"라고 말한 것처럼.

찐한 매력은 불편함을 감수해야 가장 완전하게 느낄 수 있다. 하지만 모든 곳에 수고를 들일 수는 없기에 오직 내가 '가장' 존중하고 싶은 대상에만 집중하게 된다. 음악 앱의 TOP100 차트에 있는 곡들은 스트리밍으로 수십 초씩 건너뛰면서 듣지만, 좋아하는 아티스트의 곡은 LP판까지 사서 소중하게 재생하는 행동은 결코 모순이 아니다.

아날로그에 대한 열광은 어쩌면 내가 더 아끼는 것을 가려내는 작업이자 가려낸 것들을 어떻게 다뤄야 할지 다시 묻는 작업이다.[3] 아날로그 콘텐츠에는 널리고 널린, 흔하디흔한 느낌 대신, 퍼스널하고 절제된 신비로움이 담겨 있다. 조금 더 따뜻한 '사람의 손길'도 함께 말이다.

턴테이블에 빠진 A의 다음 관심사는 만년필이다. "잉크통에 직접 펜촉을 담가 잉크를 충전하면서 손에 잉크를 한바탕 묻힐 때도 있지만 그래도 이 불편함이 좋다"는 A처럼, 수고스러움과 불편함을 찾아 나서는 우리의 작업은 앞으로도 꽤 오래 이어질 것이다.

집 꾸미기에
진심이긴 한데요

♦

집 꾸미기를 좋아하는 요즘 사람들에게 새 이름이 생겼다. 유희하는 인간을 뜻하는 '호모 루덴스'에서 이름을 따와 주거 공간 안에서 휴식을 즐기는 이들을 '홈 루덴스 족'이라고 한다. 입에 붙진 않지만 그럴듯한 작명이다. 요새 MZ에게 집이란 사는buy 것에선 이미 꽤 멀어졌고, 이젠 그저 사는live 곳을 넘어 꾸미는 곳이 되고 있으니까. 집 꾸미기의 욕망을 "언젠가 '내 집'이 생기면……" 이후로 미뤄 왔던 우리는 이제 다달이 월세를 감수하기로 마음을 바꾸고 '지금 내 방에' 그 로망을 펼쳐 내기 시작했다.

집은 사는 곳이 아니라 꾸미는 곳

인기 있는 인테리어 앱에 들어가면 켜면 꼭 옷 가게에 들어선 것 같다. 유행하는 코디를 위아래 센스 있게 갖춰 입은 마네킹처럼, 앱 커뮤니티 게시판에도 금손들이 올려놓은 화사한 인테리어 사진들이 가득하다. 전문적인 감각이 없더라도, 한 칸짜리 자취방일지라도, 누군가가 예쁘게 구성해 놓은 아이템을 그대로 따라 하면 손쉽게 그럴듯한 분위기를 낼 수 있다.

유년 시절의 기억을 떠올려 보면 집은 분명 살림의 공간이었다. 예쁠 필요는 없었다. 해마다 켜켜이 세월의 흔적이 쌓여 갔지만 우리 네 식구는 전혀 개의치 않았다. 20년을 넘게 살았던 갈현동 집은 그야말로 짬뽕 그 자체였다.

30평이 안 됐던 방 3개짜리 그 집은 벽마다 서로 다른 벽지로 도배돼 있었다. 한 벽면에만 세 가지 벽지가 붙어 있기도 했다. 전부 합하면 아홉 종류는 족히 넘었을 것이다. 장마철에는 비가 새서, 겨울철에는 이슬이 맺혀서, 계절마다 벽에 곰팡이가 슬어 댄 자국을 매번 임시방편 도배로 '덮어 쓰기'한 탓이다.

그놈의 포인트 벽지가 유행했던 시절에는 마트에서 사온 조잡한 벽돌 부늬의 두루마리 시트지로 곰팡이를 가렸다. 그다음 해에는 촌스럽고 거대한 붉은 꽃무늬 벽지로 또 다른 벽면을 가득 채웠다. 또 어떤 벽에는 중세 유럽풍 정원을 유화 스타일로 담은 그림을 통째로 덮었다. 도둑이 들어와도 어디가 어딘지 혼란스러워할 만한, 인테리어 테러 수준의 집이었다.

부모님의 혼수와 남이 준 선물로 채워진 안방 역시 눈 씻고 찾아봐도 일관성이라는 걸 찾아볼 수 없었다. 서쪽엔 비단 자수가 놓인 두 폭짜리 화조 병풍이 침대 머리맡을 지켰고, 남쪽 벽엔 이집트 신 오시리스와 이시스 부부가 그려진 난해한 파피루스 액자가 걸려 있었다. 북쪽에선 덜컥거리는 수공에 나무 장식이 달려 소위 '딸각장'이라고 부르는 오동나무장이 육중한 존재감을 과시했다.

지금 내가 사는 집은 정반대다. 내부가 거의 썩어 가던 낡은 집을 겨우 구해 셀프 인테리어로 산뜻하게 '올 수리'했다. 우선 벽과 천장, 창틀과 문은 화이트 톤으로 통일했다. 아무래도 평생 살 집은 아닐 테니 가구는 내구성이 적당한 가성비 라인으로 골랐다. 소재는 묵직한 원목보다는 철제나 세라믹 위주의 밝은 분위기에 맞췄다. 그리고……

사실 이쯤 말해도 읽는 사람의 머릿속엔 이미 내부가 웬만큼 그려질 것이다. 단순하고 하얀, 그야말로 전형적인 신혼부부 스타일링이다. 나도 어쩔 수 없이 인테리어 앱에 올라온 남의 집들을 발이 닳도록 참고한 탓이다. 앱으로만 구경했으니 문턱이든 발이든 실제로는 아무것도 닿지 않았 겠지만.

내가 머무는 곳의 의미

유명 포털 사이트 리빙 카테고리엔 인테리어 글들이 숱하다. 인기 포스팅은 보통 제목이 십중팔구 이런 식이다. 〈나를 닮은 것들로 채운 공간〉〈좁아도 예쁘게 살고 싶어! 원룸 꾸미기〉〈화이트 톤에 우드로 꾸민 미니멀 디자인〉〈30 살 구축 아파트의 대변신〉. 아무 글이나 클릭해서 읽기 시작 하면 '저 사람은 어떻게 저렇게 예쁘게 살까?' 이런 생각이 먼저 떠오른다. 저렇게 정갈하고 예쁘고 산뜻하다니, 사람 사는 집이 아니라 고급 펜션이나 모델하우스처럼 보이기도 한다. 하지만 스크롤을 쭉쭉 내려서 읽다 보면 점차 '어라, 이 정도면 나도 하겠는데?'라며 엄두가 나기 시작한다. 생각 보다 큰 시공 없이노 손댈 수 있는 구석이 많다는 것을 깨닫 는 것이다. 글을 몇 개 더 읽어 가다 보면, 어느 순간 집 꾸미 기는 사치가 아닌 필수로 여겨지기 시작한다. '내가 하루의 절반을 보내는 이 공간을 아무렇게나 방치할 순 없어' '내 공 간에도 나만의 취향을 반영하는 건 당연하지' '공간을 꾸미 는 것은 곧 나 자신을 보살피는 일이야' 같은 생각이 점점 자 라난다.

한번 마음속에 불어 든 인테리어 바람은 쉽게 끌 수 없다. 특히나 또래 친구가 초대한 인상적인 홈 파티에 다녀온 뒤라면 더더욱 그렇다. '혼자 사는 월세 원룸도 저렇게 유지할 수 있나 보네?' '그 아이템 내 방에도 하나 두면 어울릴 것 같은데⋯⋯.' '저렇게 살면 차 한잔해도 카페 같고, 음악 한 곡을 들어도 분위기 넘치고, 일상도 파티 같을 텐데.'

최근 MZ세대를 상대로 한 설문조사 결과[1]에 따르면 주거 공간에 관심이 있고 주기적으로(혹은 가끔) 꾸미거나 관리한다는 응답이 94퍼센트에 이른다. 사실상 전부나 다름없는 비율이다. MZ세대 대부분은 가족과 함께 살거나 독립한 1인 가구일 텐데도 "리빙 제품에 관심을 두고 구매를 고려하게 되었다"는 응답 또한 82.3퍼센트에 달했다.

코로나19의 영향도 분명 컸다. 수업은 원격, 근무는 재택, 식사는 배달 음식으로 해결하는 동안 집의 존재감과 중요성은 그 어느 때보다 선명해졌다. 밖을 나돌 때 거리의 패션에 관심을 두던 우리는 집에 머무는 동안 실내의 구석구석으로 그 관심을 옮겼다. 더 쾌적한 환경, 더 예쁜 인테리어, 더 즐거운 실내 생활을 위해서 말이다.

'국민취향'이라는 아이러니

있어 보이는 아이템을 한두 개씩 장바구니에 담고, 소

품도 이리저리 배치해 봤다면 이젠 흡족한 컷이 나올 때까지 연출 샷을 찍을 차례다. 수백 장 찍다 보면 어느 순간 화면 속에서나마 내 방도 꽤 괜찮은 공간으로 변모하기 시작한다.

물론 사진 속 아이템 중 고급스러운 것은 거의 없다. 당장 내년에 재계약을 할지 말지도 모르는 월세방에는 이케아나 마켓비 같은 가성비 브랜드가 최적이다. 가볍고 저렴한 패브릭 포스터나 화병에 담긴 꽃도 좋은 아이템이다. 질리면 언제든지 바꿀 수 있으니까. 자가로 집을 산 사람이라도 근본적인 사고방식은 비슷하다. 어차피 평생을 살겠다는 마음으로 입주한 게 아니니 말이다. 자산 증식을 노리는 틈틈이 예쁜 주거 환경도 놓치지 않으려면, 역시 묵직하고 고급스러운 가구보다는 간편한 조명에 힘을 쓰는 편이 효율적인 선택이다.

하지만 아이러니한 점이 있다. 그토록 내 취향을 담(았다고 믿)으며 열심히 꾸민 집이 어느 순간 남들의 공간과 놀랄 만큼 닮아 버린다는 사실이다.[2]

작년쯤 A의 집들이에 친구들과 함께 초대받았다. 그는 "식물을 좋아해서 화분을 놨다" "하이볼을 좋아해서 홈바를 만들었다"며 집 구석구석 사랑스럽게 설명했다. 하지만 '인테리어 스피커'의 상징인 마샬 스피커를 소개하는 차례에서 우린 결국 "야, 이거 완전 '오늘의집'인데?"를 외치며 웃음을 터뜨리고야 말았다. 너무나 귀엽고 너무나 전형적이었기 때문이다.

이미혜 작가의 〈국민취향Our Own Tastes〉 전시[3]에 설치됐던 작품들 역시 그야말로 '랜선 집들이'의 총집합체. 그동안 '내 취향'이라고 굳게 믿었던 것이 실은 SNS상에서 유행하는 '국민취향' 인테리어 상위 옵션에서 고른 것 아니냐고 누군가 묻는다면, 자신 있게 "난 아닌데?"라고 답할 수 있는 사람이 과연 몇이나 될까.

그렇게 집 꾸미기와 온라인 집들이에 매진하다가 어느 순간 '현타(현실 자각 타임)'가 찾아온다. 비좁은 전월세 공간을 전시하는 과정에 정작 내가 먹고 자고 생활하는 흔적은 지워지고 있다는 것을 깨닫는 것이다. 음식 자국이 남은 새하얀 식탁, 의자와 테이블에 걸쳐진 채 말라 가는 양말과 수건, 좁은 현관을 가득 메운 갖가지 신발. 사람 사는 공간에 너무나 당연한 삶의 흔적들은 집 꾸미기의 과시적인 절차 속에서 그저 부끄럽고 지저분한 모습으로 치부된다. 완벽한 연출을 위해 자연스러운 일상을 내 손으로 지우고 있노라면 피로감이 몰려온다.

곰곰이 회상해 보면, 어렸을 때 우리 집을 우리 집으로 여기게 한 것은 오히려 그런 삶의 흔적들이었다. 꽃을 흉내

낸 디퓨저 향기 대신 부엌 창문으로 풍겨 오던 된장찌개와 조기 구이 냄새, 커다란 아빠 구두와 손바닥만 한 우리 남매의 운동화, 화려한 엄마의 슬리퍼가 테트리스처럼 모여 있던 현관의 풍경, 비 오는 날 천장에서 떨어지는 물을 정확히 받겠다며 조그만 컵을 부여잡고 깔깔댔던 추억, 옥상 빨랫줄에 널어 두면 따가운 햇볕 아래 바짝바짝 마르던 수건과 이불, 엄마가 "빨래 좀 걷어 와"라며 심부름시키면 큼지막한 엄마 슬리퍼를 꿰어 신고 한달음에 옥상으로 달려 올라갔던 기억, 뜨끈한 빨래들을 내 작은 품에 한가득 안고 얼굴을 묻을 때 흠뻑 느껴지던 한여름의 햇볕 냄새. 우리 집을 사랑하게 했던 것들은 그런 것들이었다.

예쁜 집을 꾸미겠다고 갬성 패브릭 쿠션을 사면서 정말 내가 나를 더 아끼게 됐을까. 혹시 이불 위에 《킨포크》 잡지를 올려 두고, 죽은 빵을 살리는 발뮤다 토스터를 식탁에 들여놓으면서 단지 내가 나를 아끼며 사는 것처럼 속이려던 건 아닐까. 우리는 언제부터 집을 편안한 생활의 공간이 아니라 잘 가꿔진 과시의 대상으로 삼게 됐을까.

도시 곳곳에 방들은 넘쳐나고, "야 너도 멋지게 꾸밀 수 있어!"라는 메아리는 더 크게 퍼지고 있다. 바야흐로 1인 가구의 전성시대, 트렌드에 발맞춰 공들인 '나만의 방'을 바라본다. 스타일리시한 공간이긴 하지만 손때 묻고 정든 물건은 없는 곳, 깔끔한 연출 사진에 사람들의 '좋아요'는 쏟아지지만, 급히 청소하느라 어딘가 처박아 둔 양말 한 짝은 끝내 찾아낼 수 없는 공간에서 우리는 탄식한다.

"아! 무엇을 위해 난 집을 꾸몄나."

친환경이
MZ의 트렌드라니?

이쯤 되니 어느 정도 면역이 됐지만, 한동안 내게는 꽤 도전적이었던 일이 있다. 일행들과 함께 카페에서 테이크아웃 음료를 주문할 때 텀블러를 쏙 내밀며 "제 음료는 여기에 담아 주세요!"라고 부탁하는 일이다. 귀찮거나 번거롭진 않다. 다만 그걸 본 일행들이 "이야~"로 시작해 한마디씩 건네는 반응을 견디는 게 문제다. 소심한 나로서는 적잖이 부담스러운 단계였다. "대단하다"라거나 "착하다"를 넘어 "요즘 애들은 다르네"라는 반응까지 나오면 마음속에선 불편함을 넘어 불쾌함이 스멀스멀 올라오곤 한다.

어느 순간부터 '친환경'은 젊은 세대의 트렌드처럼 여겨진다. 이제는 MZ세대의 마음을 사려면─정확히는 '지갑을 열려면'—친환경을 넘어 필必환경을 담아야 한다고들 한다. 친환경이 유별나거나 젊은 세대의 새로운 취향쯤으로 여겨진다고 느낄 때마다 마음 한편이 꽉 막힌 듯 답답하다.

"MZ세대는 친환경을 좋아해"라는 인식의 가장 큰 맹점은 '선 긋기'다. "요새 젊은 애들은 그런 거 좋아하더라고"라는 말 뒤에는 괄호가 숨어 있다. 그 괄호 안에는 "요즘 애들이 그러든 말든 우리는 그냥 살던 대로 살래"라는 귀찮음과 "지금까지도 별문제 없었고, 앞으로도 당분간은 없을 것 같고, 우리가 죽은 뒤에야 더욱이 알 바 아니니까"라는 무관심의 뉘앙스가 명확하게 반영되어 있다.

환경을 생각하는 건 '멋' 때문이 아닌데

얼마 전 회사 동기들과 점심을 먹으며 한참 수다를 떨다가 커피나 한잔하려고 카페에 갔다. 도착 시각은 오후 1시 10분. 매장 안에서 마시고 가기엔 시간이 애매했다. "바쁜 날도 아닌데 뭉개다 들어가자!"라며 호기롭게 내놨던 당초 계획은 취소하는 대신, 각자 마실 것을 테이크아웃으로 주문했다. 동기 두 명은 종이컵과 플라스틱 컵에, 나는 미리 챙겨 갔던 보온 텀블러에 커피를 받아서 약 5분간의 짧고 강한 여유를 즐긴 뒤 음료를 들고나왔다.

그 시간대 회사 엘리베이터 앞은 발 디딜 틈 없이 빽빽

하다. 하루의 단비 같은 점심식사와 카페인으로 약간의 활기를 충전한 사람들 열에 여덟은 손에 일회용 커피잔을 들고 있다. '딩동' 소리와 함께 도착한 엘리베이터 안으로 몸을 비집고 들어가자 어디선가 "정수~!" 하며 인사하는 누군가의 새된 목소리가 들렸다. 역시 한 손에는 아이스 아메리카노가 담긴 투명 플라스틱 컵을 든 선배였다. 복잡한 와중에도 내 텀블러에 시선을 고정한 그는 귀에 쏙쏙 박히는 목소리로 인사를 이어 갔다.

"오, 텀블러에 커피 담아 온 거야? 환경을 생각하다니 역시 멋져~"

분명 비아냥거리는 말은 전혀 아니다. 그는 분명 순수한 마음으로 나를 칭찬하고자 했을 것이다. 그런데도 단어 하나하나가 어쩐지 달갑지 않았다. 자신은 원래 환경까지 고려하기는 귀찮아하는 성격의 사람이라 일회용 컵을 쓰고, 나는 지구를 걱정하는 MZ세대라 기특하다는 칭찬 정도로만 느껴졌다.

'내 행동이 멋지다고 말하면서 당신은 왜 여전히 손에 일회용 컵을 들고 있나요? 그냥 남의 얘기, 중요하지 않은 얘기로만 생각하는 것 아닌가요?' '곳곳에서 쓰레기 산이 날마다 불쑥불쑥 높아진다는 걸 알지만,[1] 그저 귀찮고 그래도 된다고 합리화하고, 쉽게 잊고 마는 것 아닌가요?' 같은 생각들이 앞다퉈 손을 번쩍번쩍 들었다.

하지만 이런 말들을 입 밖으로 낼 수는 없었다. 어쨌든 그는 내게 좋은 의도로 인사를 건넨 것일 뿐이니까. 말 한마디 듣자마자 공격성부터 솟아나는 내 속이 꼬인 것일 테니까. 그리고 무엇보다 일단 점심시간 후 엘리베이터 안은 수많은 사람이 손에 일회용 컵을 들고 있는 곳이니까. 복잡한 생각들은 그저 속으로 삼기며 눈인사를 하고 엘리베이터를 내리는 수밖에.

친환경을 가장한 진짜 속내

기업들은 소비 시장을 이끌 MZ세대를 공략해야 한다며, 그들에게 '그린슈머'라는 이상한 이름을 붙이고, 거짓 '그린 마케팅'을 서슴지 않는다.[2] 롯데리아는 "환경과 건강을 생각한다"며 대체육을 넣은 '식물성 버거'를 내놓고 생색을 실컷 내다가, 유제품과 계란, 심지어 쇠고기 성분까지 들어 있다는 점이 들통나면서 호된 비판을 받기도 했다. (어쨌든 잘못을 인정하고 리뉴얼한 비건 버거를 내놨다는 점만은 그래도 높이 평가한다. 슬그머니 제품을 단종시켜 버린 다른 업체들에 비해선 말이다.)

어떤 곳에서 친환경은 아예 '패션'으로 인식될 지경이다. "제로 웨이스트 서명 캠페인에 동참하면 굿즈를 드려요"

처럼 모순된 말이 별문제 없이 받아들여진다. 재사용이 가능한 보냉백으로 배송을 해 주겠다는 기업은 (실제로 훨씬 더 복합적이고 영구적인 쓰레기가 될) 그 보냉백을 제대로 회수하지도 않았다.[3] 너도나도 친환경 전기차로 파란 하늘을 열겠다는데, 정작 전기차의 심장과도 같은 배터리는 어디서 와서 어디로 가는지 드러내지 않는다. 당연한 말이다. 배터리에 들어가는 희토류를 채굴하는 과정은 끔찍하게도 토양을 오염시키니까.

작년 스타벅스의 '리유저블reusable 컵 대란'은 이 모든 기만을 종합한 상징 같았다. 좀 더 단단하고, 좀 더 재활용하기 어려운, 그러니까 사실상 '좀 더 나쁜 일회용 플라스틱'으로 만든 컵을 인당 20개 한도로 제공한다는 무시무시한 이벤트였다. 공짜 컵을 위해 미친 듯이 줄을 선 사람들 그리고 지쳐 나가떨어지는 직원들을 보자니 스타벅스의 전성기가 곧 지나가겠다는 생각마저 들 정도였다. 문제의 그 컵이 수십, 수백 번 '리유즈'되는 것 같진 않다. 대부분은 잘해야 누군가의 찬장 깊숙한 곳 어딘가에 처박혀 있을 가능성이 크다.

친환경을 표방하는 양치기 소년들이 늘어날수록 우리는 무력감에 빠진다. 그저 요새 트렌드라서, 그런 옵션을 달아야 잘 팔려서 친환경 제품을 내놓는 기업들에게 덩달아 박자를 맞추는 정부 역시 미덥지 못하다. 끔찍했던 스타벅스 50주년 행사에서 굳이 의의를 찾아보자면, 이런 종류의 프로모션과 마케팅이 뭔가 근본적으로 잘못됐다는 걸 대중에게 인식시켰다는 공로 정도가 아닐까.

취향이 아닌 생존의 문제

운이 좋아 별 변을 당하지 않는다면, 난 앞으로 수십 년을 이 땅에서 살 것이다. 머릿속에 그려지는 미래는 그다지 밝지 않다. 지구에서 살아가야 할 미래의 생명들을 진심으로 걱정하는 사람들도 비슷한 그림을 그리고 있을 것이다.

한때 아름다웠던 해변들이 지금은 플라스틱 쓰레기로 가득 차 있다. 폭염과 태풍, 홍수로 인한 피해는 올림픽 경기 기록처럼 신기하게도 매년 경신된다. 전 세계적 규모의 전염병까지 돌며 사람들이 생산과 이동 행위를 잠깐 멈춘 동안 하늘이 놀라울만큼 맑아졌다는 것을 모두가 깨달았지만, 고작 몇 년 만에 모든 것을 망각한 듯하다.

이런 것들을 보고 있노라면, 다가올 세상이 과연 더 아름다워질 수 있을지 점점 의심만 커진다. "이런 세상에 나를 왜 낳았냐고 원망할까 봐 아이를 낳지 못하겠다"고 진지하게 이야기하면, 대다수의 어른은 "그게 진짜 이유라고?" 하며 눈을 동그랗게 뜬 채 되묻는다.

막바지 학생 운동에 몸을 걸쳤던 한 지인이 말한 적이

있다. 환경이나 여성, 소수자의 인권 같은 문제들은 한때 한국 진보 운동에서 곁다리 의제에 불과했다고. 1970~80년대 반자본 운동에선 계급 타파나 재벌 해체 같은 노동 문제와 남북 관계 같은 이념 문제들만이 무엇보다 근본적인 의제로 여겨졌다고 말이다.

생태주의와 환경주의는 '반자본주의'라는 말을 대놓고 하기 어려울 때 우회적으로 쓰던 표현일 뿐, 실제로 핵심 영역에선 비껴 있던 시절이 있었다. 그리고 그때를 지나온 사람들은 지금 '오피니언 리더'로서 사회 지도층과 기업 경영진에 포진해 있다. 그들을 포함한 많은 사람은 여전히 환경 문제를 지금, 여기, 우리의 문제로 생각하지 않는 것 같다. 대신 어렴풋한 이야기로만, 기술이 발전하면 누군가가 어떻게든 잘 해결할 문제라고만 여기는 듯하다.

젊은 세대의 표를 더 얻기 위해서든, 돈을 더 벌기 위해서든 진정성이야 어떻든 '진환경 바람' 자체는 없는 것보단 낫다. 어차피 시간이 조금 더 지나면 밀레니얼이, 이어서 Z세대가 정치, 사회, 경제의 중심에 서게 될 것이고 생태주의도 보편적 가치관이 될 것이라 믿는다.

하지만 그 시간이 오기 전까지 '환경'이라는 단어가 마치 '내년 S/S 시즌 유행은 플로럴 패턴'처럼 '젊은이들의 힙한 유행'의 맥락으로 소비되는 모습을 계속 지켜봐야 할 것만 같은 예감이 강하게 든다. 그 시간이 오기 전까지 이면에서 벌어지는 파괴적이고 착취적인 행위들이 지속될 것이라는 확신과 함께.

곳곳에 숨겨진 채 되풀이되는 폭력을 자꾸 보다 보면 "이번 생에선 착하게 살기 틀렸어"라며 좌절하고 싶어진다. 지인 A는 이런저런 알바를 섭렵한 끝에 부업으로 무역 관련 일을 준비하다가 현실을 깨닫고 아찔함을 느꼈다고 했다. 'ESG 기업이 만든 친환경 제품'이라고 광고하는 물건들이 대부분 중국 오픈 마켓에서 도매로 떼어 와 라벨만 갈아 붙여 팔리고 있다는 사실을 알게 된 것이다. 그는 "아등바등해 봐야 현대 사회에서 대한민국 20대의 삶이 그렇게 윤리적일 수 없다"며 다소 냉소적인 말투로 말했다.

하지만 애써 '그럼에도 불구하고'를 계속해서 마음속으로 되뇌어 본다. 작년에는 인스타그램 새 계정을 팠다. 환경 관련 피드들을 팔로우하고 싶어서다. 초록으로 겉만 치장한 생산과 소비 행태를 볼 때는 은근한 배신감과 분노가 치밀어 오른다. 그럼에도 불구하고 본질을 향해서 행동하는 사람들은 꿋꿋이 존재하며 분명히 늘고 있다.

채식을 하고, 쓰레기를 줄이고, 동물 권리 증진을 주장하는 등 쉽지 않은 주관을 지켜 나가며 사는 사람들의 일상을 구경하노라면 무력감이 조금은 잦아든다. 친환경은 한 시절의 유행이나 특정 집단의 선호가 아니라 생존의 문제임을 이해하는 사람들, '그린슈머 MZ세대' 따위의 표현이 얼마나 무책임한 말인지를 이해하는 사람들이 꽤 있다는, 아니, 더 많아지고 있다는 생각이 들어서.

모순덩어리가
살아가는 법

그 누군가가 택한 길이 너무 이쪽 혹은 너무 저쪽으로 보인다고 해서 결코 비난만
할 수는 없다. 결국 누가 더 나은 과정을 거쳐 더 좋은 결론에 도달했는지는, 어쩌면
그 미래의 시점에 다다르더라도 쉽사리 평가할 수 없을지도 모른다.

퇴사를
축하합니다

───────────────────────────◆

    포털 사이트에서 '퇴사 축하'를 검색하면 축하 케이크, 케이크에 꽂는 화려한 토퍼, 오만가지 문구가 적힌 머리띠 같은 파티용품 광고가 줄줄이 뜬다. "도비는 자유예요"(《해리 포터》) "전 이 세상의 모든 굴레와 속박을 벗어던지고 이제 행복을 찾아 떠납니다"(《이누야샤》) 같은 명대사들도 화려하게 빛난다.

    한쪽에선 취업 스트레스 때문에 우울증을 앓고, 다른 한쪽에선 거리낌 없이 퇴사 브이로그를 찍어 올리는 MZ세대. 우린 요즘, 먹고 싶다는 건 많으면서 막상 가져다주면 한 입밖에 안 먹고 남기는 '입 짧은 아이' 취급을 받고 있다.

퇴사한다는 후배에게 축하한다고 말했다

어느 날 회사 후배 A에게 장문의 메일이 왔다. 갑자기 퇴사하게 됐다며 그동안 고마웠다는 내용이었다. 담백한 편지였지만 "제가 진짜 하고 싶은 걸 하기 위해 그렇게 결정했어요. 하지만 당분간은 아무것도 안 하는 시간을 좀 가져보려 합니다"라는 문장에는 숨길 수 없는 설렘과 기대가 묻어났다.

그와 같은 팀에서 일한 적은 없었다. 그래도 연차가 비슷해 약간의 내적 동질감을 느꼈던 후배였다. 하지만 그의 메일을 본 순간 든 생각은 아쉬움이나 허탈함, 배신감 따위가 아니었다. 그저 '그렇구나, 그만두는구나'였다. 1분 정도 메일을 곱씹어 읽다가 곧바로 축하 답장을 보내 버렸다. 예술가 기질이 다분했던 그는 어차피 그때가 아니라도 언젠간 회사를 그만둘 게 분명한 사람이었다. 오히려 이제서야 퇴사하는 것이 '너무 오래 버틴 것'일지도 모른다는 생각이 들 만큼.

물론 '그럼에도 불구하고'로 시작하는 생각들이 피어오르기는 했다. 그럼에도 불구하고 붙잡고 싶은 마음이 먼저 들었어야 정상일까? 왜 그러느냐고, 다시 생각해 보라고, 한 번 정도는 서운함을 내보였어야 했을까? 무엇보다 함께 몸담았던 조직을 떠난다는 사람을, 그래도 한 식구였던 사람으로서 너무 쿨하게 축하해 주는 건 매정한 일 아닐까? 우선 성급한 답장부터 보내 버린 뒤 곰곰이 다시 생각해 보았다. 하지만 고민이 깊어지기도 전에 먼저 탁, 걸리는 부분이 있었다.

우리가 정말 '한 식구'였다고 말할 수 있을까?

이런저런 조언을 해 주고 싶은 생각이 전혀 들지 않았던 것은 아니다. A는 인사 운이 그다지 좋은 편이 아니었다. 그가 모셨던 상사들 상당수는 유난스러운 인물로 유명했다. "관심사에 맞는 부서를 한번이라도 보내 달라고 강하게 요구해 보는 건 어떨까. 그동안 너무 고생했던 거 모두가 알잖아" 같은 말을 쓸지 말지, 잠시 고민했지만 이내 접었다. 우리는 사실 한 식구가 아니었다. 일부러 끊으려 해도 끊을 수 없는, 하늘이 맺어 준 천륜이 아니라 그저 비즈니스 관계에서 우연히 마주친 인연에 불과했다.

가족이라면 어떻게든 서로를 책임져야겠지만, 나는 그를 책임질 생각이 전혀 없었을뿐더러 책임질 수도 없었다. 회사도 마찬가지였다. 그를 책임질 수 있는 것은 그 누구도 아닌 그 자신뿐이다. 우리는 헐거운 직장 동료였을 뿐 가족이 될 수 없었다. 그가 회사를 떠나는 이유가 무엇이든 내가 질척댈 명분은 없었다. 새로운 꿈을 찾아 나서는 것이든, 훨씬 돈을 많이 주는 회사로 가게 됐든, 그냥 지쳐서 그만두는 것이든, 결국은 모두 잘된 일이니까.

누구도 나를 책임져 주지 않으니까

"명함에서 회사 이름을 지우고도 당신이 누구이고 무슨 일을 하는 사람인지 설명할 수 있어야 한다."

커리어를 고민하는 MZ들이라면 이런 종류의 조언이 익숙할 것이다. 무슨 회사에 다닌다는 것 외에 자신을 설명할 말이 없다면, 회사를 그만둔 뒤엔 아무것도 아닌 사람이 되고 만다는 지적은 일견 타당하다.

요새는 "잘리기 전까지 버텨라" 같은 구식 조언은 눈 씻고 봐도 찾기 어렵다. 가능하면 몸값을 높여서 다음 단계로 점프하는 것이 훨씬 세태에 맞다. "회사가 잘되는 것이 당신이 잘되는 것"이라는 사고방식도 반대로 뒤집어야 한다. "회사와 당신을 동일시하는 것은 위험하다"로 말이다. "한 가지만 잘해도 평생 먹고살 수 있다" 역시 부모님 세대에나 통했던 낡은 조언이다. 지금 우리는 'T자형 인재'가 되라는, 훨씬 더 벅찬 요구를 받고 있다. 대부분의 분야에서 평균치 이상은 하는 제너럴리스트이되, 적어도 한 분야 이상에서 나만의 전문성을 가져야 한다는 것이다.

회사와 직원은 더 이상 일평생을 함께 하는 가족 같은 존재가 아니다.[1] 밀레니얼 세대가 직장 생활을 하기 시작한

2010년대에는 회사마다 끈끈했던 조직 문화가 그래도 흐릿하게나마 남아 있었던 것 같다. 신입사원이 오면 선배들이 돌아가며 불러 술을 먹였다. 막내 기수들도 기수별 선배들과 대면식 혹은 신고식을 하느라 음주로 점철된 저녁들을 보냈다. 정년퇴임하는 선배가 사내 게시판에 글을 쓰면 후배들은 예의 바른 응원의 댓글들을 줄줄이 이어 달았다.

반면 슬슬 사회로 나오고 있는 Z세대는 회사가 강요하는 따뜻한 정에 오히려 거부감까지 느낀다. 사생활의 선을 넘는 가족 같은 회사는 그야말로 '(가)족 같은' 회사에 불과하다. 넷플릭스 CEO 리드 헤이스팅스도 "우리는 스포츠 팀이지 가족이 아니다"라는 명언을 남기지 않았는가.

개인주의가 판친다고 비난할 것이 아니다. MZ들은 생각보다 일에 몰두하는 사람들이다. 단지 회사에 한 몸 바쳐 충성하지 않을 뿐이다. 어차피 회사가 우리를 책임지지 않을 것이라는 걸 모두가 알고 있으니까. 아니, 우리가 정년쯤 되었을 때 이 회사가 여전히 존재할지 그 자체도 확신할 수 없으니까 말이다.

경제가 쭉쭉 성장하던 1980년대나 모든 분야가 황금기를 누렸던 1990년대 초중반까지만 해도 감히 '우리나라가 언제든 무너질 수 있다'는 생각을 진지하게 하는 사람은 별로 없었다. 내로라할만한 대기업조차도 줄줄이 부도 사태를 맞았던 1997 외환 위기 사태 이전까지는 그랬다.

밀레니얼 세대는 그 시절 직장에서 잘리거나, 다니던 회사가 부도나거나, 가게를 폐업한 부모님의 어두운 표정을 보고 자랐다.[2] 1997년만큼은 아니었지만, 미국발 금융 위기가 한국을 덮친 2008년도 꽤 충격적인 해였다. Z세대도 하루하루 불안정한 뉴스들로 얼룩진 어린 시절을 보낸 셈이다.

진로를 고민하고 일자리를 구하던 시기에 귀에 못이 박히도록 들었던 단어는 '4차 산업 혁명'이었다. 미디어에서는 모든 것이 정보 기술로 연결되는 새로운 차원의 세계가 올 것이라는 전망이 쏟아졌다. 학교에서 '로봇과 인공 지능이 대체할 일자리' 따위의 것들을 가르치는 와중에, 문과생들은 "문송합니다(문과라 죄송합니다)"를 외쳐야 했다. 공대생들은 전통의 강자였던 기계공학과와 안경잡이들의 집합소라며 하대 받던 컴퓨터공학과의 서열이 정반대로 뒤집어지는 현장을 목격해야 했다.

그렇게 자란 우리에게, 가능하면 한 회사에서 오래 버티라거나 조직 생활을 잘해서 내부 승진하는 것이 최고라는 식의 조언은 '꼰대의 정석'에 불과하다. 현실은 정반대다. 가능하면 기회가 생길 때마다 적극적으로 나의 길을 스스로 개척해야만 한다. 회사는 문제가 생기면 나부터 잘라 낼 수는 있어도, 날 위한 방패가 되어 줄 가능성은 없다. 절이 싫으면 중이 떠나는 것이 유리할 때도 있다.

이것이 바로 우리가 퇴사를 받아들이는 맥락이다.

못 참는 게 아니라 안 참는 것

퇴사하는 이유는 제각각이다. 직장 내의 불합리함에 반기를 든 것일 수도, 좀 더 해 보고 싶은 일을 찾았을 수도, 그저 지금 하는 일을 도저히 견딜 수 없어서일 수도 있다. 다음 행선지를 확정하고 퇴사하는 사람도 있지만, 좀 더 공부해야겠다며 대학원에 진학하는 이들도 태반이다.

모두의 이유는 다르고, 행선지 또한 다르다. 하지만 하나의 교집합은 분명히 존재한다. 답답함과 아쉬움을 굳이 억지로 고통스럽게 참는 대신, 그만두는 편을 택했다는 것이다. 현실이 괴롭더라도 내 커리어에 도움이 되는 일이라면 버틸 것이다. 하지만 성장할 기회조차 없는 곳에서 눈물을 머금고 '존버'해 봐야, 남는 것은 부나 명예가 아니라 위장병과 허리디스크와 우울증일 가능성이 훨씬 크다.

지금의 이 회사가 10년 뒤에도 여전히 멀쩡할지 아무도 보장해 주지 못한다. 회사에서 내 정체성을 찾으려 하지 않는 게 정답이다. 앞으로의 다이내믹함은 과거보다 더하면 더했지 결코 덜하지는 않을 것이다. 언제 어떻게 사라질지도 모르는 회사 이름이 박힌 명함 한 장으로 불안해하며 사느니, 학위를 하나 더 따고, 새 프로젝트를 찾아 나서고, 창업 지원금을 받아 스타트업 대표라도 되어 보는 것이 훨씬 이득일 수밖에 없지 않은가.

그렇기에 퇴사는 낙오나 뒤처짐이 아니다. 오히려 새로운 도전을 위한 준비이자 용기 있는 선택이다. 내가 감히 아직 결정하지 못한 것을 결행한 퇴사자에게, 우리는 걱정과 부러움을 동시에 담아 "퇴사를 축하해. 앞으론 꽃길만 걷자!"라며 응원을 보낸다. 입사한 지 한 달도 되지 않아 퇴사한 동기들을 떠올리며, 남은 자들은 "그때 재빨리 도망친 개가 우리 중에 제일 현명했어"라고 입맛을 다신다.

요즘 애들에게 "자존심은 더럽게 강하면서 인내심은 약하다"는 비난이 쏟아져도 어쩔 수 없다. 지금은 바야흐로 '바쁘다 바빠 현대사회'인 걸 어쩌란 말인가. 회사도 동료도 나를 지켜줄 수 없는 시대에 내 살길은 내가 알아서 찾다 보니 별 길을 다 가게 되는 MZ들의 '각자도생 라이프'는 앞으로 꽤 오래 계속될, 아니, 더더욱 과감하고 빨라질 것이다

'남들 하는 대로'가 아닌
'내가 원하는 대로'

'10년 뒤 나는 뭘 하고 있을까…….'

노후 준비를 걱정하는 중장년층이나 할법한 고민처럼 보이는데, 의외로 MZ세대의 머릿속에도 꽤 단단히 자리 잡고 있는 고민이다. 이도 저도 아닌 사양 산업에 종사하는 꽤 많은 MZ들은 사실 10년은커녕 5년 뒤조차도 가늠을 못 하긴 하지만.

누군가는 "그렇게 불안해하면서 도대체 왜 힘들게 들어간 직장을 툭하면 때려치우니?"라고 묻겠지만, 우리도 나름대로 딜레마에 시달리고 있다. 힘들고 불안하긴 한데, 그러면서도 '남들 하는 대로'가 아니라 '내가 원하는 대로' 살고 싶어 죽겠다는 것이다. 그게 경제적 자유를 얻는 것이든, 내 회사를 차려서 새 시장을 개척하는 것이든, 지속 가능한 취미 생활을 영위하는 것이든, 그 무엇이든 간에 말이다.

그렇게 우리는 '포기할 수 없는 자아실현 욕구'와 '끊임없는 인생 걱정' 사이를 허우적대면서 이곳저곳을 기웃대기 시작한다. 용기 있는 어떤 이들은 이곳에서 저곳으로 쉴 새 없이 뜀박질하지만, 조심스러운 어떤 이들은 자아를 쪼개가며 부캐와 N잡에 골몰하게 되는데…….

지금 아니면 할 수 없는 일

국내 유수의 대학을 졸업하자마자 잘나가는 광고 기획사에서 인턴을 마친 A는 공기업에 준할 만큼 안정적이기로 이름난 대기업의 서울 본사에서 일하다가, 판교의 IT기업, 자그마한 스타트업을 거쳐 마침내 직접 스타트업을 창업해 본인의 '생돈을 갈아 넣으며' 유저 확보와 투자 유치에 열을 올리고 있다.

A의 다채로운 이직력은 그가 끈기가 없었다거나 업무 능력이 부족한 탓이 아니었다. 오히려 반대다. 그는 일을 너무 잘, 또 열심히 했다. 첫 직장에서는 전국의 모든 임직원 중 영업 1위를 달성했다. 두 번째 직장에서도 새 제품 출시를 앞두고 야근과 주말 근무까지 불태웠고, 세 번째 직장에서도 그는 단연 돋보이는 존재였다.

하지만 그는 늘 부족함을 느꼈다. 첫 직장은 젊은 실무자들이 비합리적인 업무 지시에 시달리는 동안, 중간 관리자급들은 회사에 '놀러' 출근하는 사람들이 태반이었다. 두 번째 직장은 한때 '대한민국 벤처 성공 신화' 첫손에 꼽혔지만 갈수록 꼰대의 모습에 가까워지고 있었다. 세 번째 직장은 새로운 것이 아닌 '제2의 무언가'를 만들 생각만 했다.

A가 그동안 다니던 직장들을 그만둔 것은 '일이 힘들어서'가 아니라, '이렇게 살고 싶지 않아서'였다. 그는 본인의 능력을 최대치로 끌어올려 최선의 성과를 얻어내야 직성이 풀리는 사람이다. 마침내 자기만의 일을 하겠다며 낮과 밤, 평일과 주말의 경계도 없는 삶에 뛰어든 것이다.

요즘 애들은 진득하지 못하다는 말은 분명히 맞다. 젊은 시절 입사해서 수십 년을 근속한 우리 아버지 같은 사람은 이제 천연기념물이 될 것이다. 물론 아버지라고 직장 생활이 즐거워서 수십 년을 일한 건 아닐 것이다. 하지만 취직하고 결혼하고 애를 낳는 '3가지 인생 중대사'를 다 이뤘다면, 그 뒤부터는 가진 것을 지키는 것이 당연했던 시절이었다. "이건 내가 바라던 삶이 아니야"라며 회사를 그만두는 사람은 이기적이거나 철이 없다며 손가락질 받던 그때, 다들 그랬듯 아버지도 주어진 일에 열심히 임하는 삶을 살아오신 것이다.

그런 당연했던 것들이 우리에겐 더 이상 없다. 학교를 졸업하면 취직을 하는 것도, 한번 들어간 직장에서 열심히 버텨서 승진해야 하는 것도 모두 '당연하지 않게' 됐다. 당연함을 잃은 대신, 우리는 선택권을 얻었다. 원하든 원하지 않든, 매 순간 기로에 놓이고 모든 것을 선택해야만 한다. 어차피 모든 게 내 선택의 결과라면, 내가 더 원하는 것을 택하는 편이 오히려 자연스럽다. 나중에 덜 후회할 것을, 지금이니까 할 수 있는 것을 택하는 것은 무책임한 일이 아니라 반대로 용기 있는 일이 된 것이다.

인생 1막이 꼭 하나여야 할 필요는 없으니까

꽤 잘나가는 식품 업계 중견 기업에 다니는 지인 B에게는 본업보다 중요한 부캐가 있다. 바로 커피 칼럼니스트다. 20년 가까이 커피를 마셔 온 그는, 커피를 마시고 글을 쓰기 위해 회사에 다닌다고 할 수 있을 정도로 커피와 오랜 사랑에 빠져 있다. 본인 스스로도 "누군가는 아침 일찍 자기 일을 시작하지만, 나에게는 퇴근 후가 진짜 일을 시작하는 시간"이라고 할 만큼 의욕적이다.

B는 대학을 졸업한 뒤 첫 직장을 고를 때도 오로지 '커피'를 염두에 뒀다. 돈보다 커피가 중요했다. 보수가 좋지만 일이 많은 대기업 대신 '퇴근 후'가 보장되는 회사에 다니며

커피 생활을 지속했다. 피나는 노력과 인내심으로 취미 생활을 영위한 끝에, 지금은 카페 프랜차이즈를 운영하는 회사에서 일하며 조금 더 '덕업일치'에 가까워진 삶을 살고 있다.

그는 지금도 열심히 커피를 마시고 글을 쓰고 사진을 찍는다. 그가 결코 잃을 수 없는 것, 인생에서 가장 끈덕지게 이어 나가고 싶어 하는 것들이다. 하지만 전업 칼럼니스트가 되는 대신 두 가지 정체성을 동시에 유지하는 이유는 '지속 가능성' 때문이다. 적당한 워라밸이 보장되는 '본캐'는 '부캐'를 경영하는 데 필요한 경제적 여유를 확보할 수 있게끔 도와주니까.

어떤 하나의 일을 탁월하게 하는 것은 존경할 만한 일이다. 하지만 내가 좋아하는 일을, 탁월하게 할 만큼 숙련도를 쌓으면서 돈까지 충분히 벌 가능성은 거의 0에 수렴한다. 대부분은 잘은 하되 즐겁지는 않거나, 재미있긴 하되 돈은 못 벌거나, 벌이는 좋은데 너무 힘들거나 하는 식이다.

한 가지 일에서 모든 걸 얻으려는 것은 너무 모험적이고 때로는 미련한 일이다. 대신 내가 좋아하는 분야에서 부캐를 개발한다면, 몸은 좀 바빠질지언정 모든 것을 골고루 얻을 수는 있다. 부캐를 확보하는 만큼 인생의 가능성도 늘어난다. 새로운 무언가를 하기 위해 인생 1막이 끝나고 2막이 시작되기를 기다리거나 인생을 10막으로 쪼갤 필요는 없다. 대신 내가 좋아하는 이곳저곳에 한발씩 담그며 다채로운 인생 1막을 만드는 게 훨씬 이득이다.

회사에 다니며 틈틈이 먹방 영상을 찍던 지인 C는 어느 순간 전업 유튜버로 전향해 지금은 구독자를 수십만 명 보유한 유명 인사가 됐다. 다도 생활을 즐기던 친구 D는 집안에 자신만의 다실을 꾸리고 휴가도 차※ 주산지로 떠나기 시작하더니 어느 순간 아름다운 사진과 문장으로 가득한 차 안내서를 펴냈다. 그저 음식과 차를 즐기는 데서 그치지 않고, 자신의 취미 생활을 적극적으로 콘텐츠화한 덕분에 새로운 가능성을 열 수 있었던 것이다.

경제적 자유를 위한 파이프라인

얼마 전 만난 친구 E는 요새 주말이면 동생과 함께 카페에 가서 노트북을 펼친다. E의 본업은 디자이너지만 대학생인 동생이 과제를 하는 동안, E는 디자인과는 전혀 무관한 일을 한다. 블로그를 켜고 영양제나 바른 자세 같은 건강 관련 포스팅을 열심히 써서 올리기 시작한다. '수익성 블로그' 만들기에 나선 것이다. E는 "이걸 쓰느라고 아침 일찍 일어나거나 저녁 늦게까지 키보드를 두드리느라 요새 피곤하다"면서도 반짝반짝 눈을 빛냈다.

설령 파워 블로거로 '대박'이 터진다 하더라도, 블로그 광고 수익으로 내 집 마련 종잣돈을 벌 수는 없다. 하지만 특별한 공부나 투자를 하지 않고도 소액의 광고 수익을 고정적으로 낼 수 있다는 점이 매력이라고 했다. 티끌 모아 태산이라는 말이 있듯, 작은 부수입이라도 고정적으로 창출할 수 있다면 분명 어딘가에는 도움이 될 테니까.

다양한 '현금 파이프라인'은 은퇴한 연금 생활자에게만 필요한 게 아니다. 애매한 월급 하나만 믿고 살기에 불안하고 빠듯한 MZ세대도 매달 꼬박꼬박 들어오는 현금 부수입에 꽤 관심이 많다. 자그마한 종잣돈으로 배당이나 투자 이익을 얻기도 하지만, 약간의 품을 들여 부업에 나서는 경우도 적잖다.

괜찮은 SNS 계정은 투잡, 쓰리잡을 뛰는 N잡러들에게 필수품이다. 잘만 굴리면 적잖은 광고 수입을 벌 수 있는 데다, 각종 '체험단' 모집에 지원해 현물성 이익을 얻을 수도 있다. 유학생 출신들은 퇴근 후 과외를 하기도 한다. 본인의 어학 실력을 유지하는 데 도움 되는 것은 물론, 노력 대비 수입도 짭짤하니 그야말로 '일타쌍피'다. 손재주가 있는 사람은 짬짬이 그린 카카오톡 이모티콘을 스토어에 등록해 적잖은 돈을 벌 수도 있다.[1] 코로나19 때문에 탄력 근무가 일상화됐던 시기에는 '숨고'나 '탈잉' 같은 재능 판매 플랫폼에서 활약하기에 안성맞춤이었다.

MZ세대가 N잡에 나서는 이유가 꼭 지금의 수입이 너무 적어서만은 아니다. 무엇이든 돈이 될 수 있는 세상이라는 점을 적극 활용하는 것이다. 놀고 있는 나의 능력과 시간을 조금씩 굴리면 1년에 수십, 수백만 원은 벌 수 있다. 대출금을 갚는 데 조금이나마 보탤 수도 있고, 기념일에 좋은 식당에 가는 것이 덜 부담스러워질 수도 있다. 돈에 덜 얽매이고, 하고 싶은 것을 하나라도 더 할 수 있는 길이 열리는 것이다.

과감한 모험가도, 이중생활을 하는 회사원도, 티끌을 모으는 짠돌이도, '자신이 원하는 삶'을 살기 위해 나름의 노력을 다하고 있다는 점은 모두 같다. 평생직장이라는 하나의 틀을 벗어나, 방법도 방향도 스케일도 모두 다른 자기만의 길을 찾는 것이다.

물론 그런 시도들이 대부분 성공하는 것은 아니다. 하지만 실패한다고 해서 "회사 한번 들어가면 잘리기 전까지 꼭 붙어 있으라고 했잖아!"라고 질책하거나 "하던 일이나 열심히 하지, 왜 잡다한 데 눈을 돌리니!"라고 핀잔을 주는 건 잔인하다. 수많은 선택권의 늪에서 허우적대는 MZ들에게 필요한 것은 "거기 그대로 있어"라는 지시가 아니라 "그래, 계속 더 나아가!"라는 응원이니까.

FIRE족과 YOLO족의
뿌리는 같다

비교적 최근까지 MZ세대를 가장 욕먹게 했던 단어 중 하나는 '파이어FIRE족'[1]이었을 것이다. 수단과 방법을 가리지 않고 빨리 돈 벌어 40대에 은퇴하겠다는 이상한 야심에 차 있는 젊은이들 말이다. "젊은것들이 국가 경제에 기여할 생각은 안 하고 주식으로 돈이나 굴리겠다는 거냐?" "말은 번지르르하지만 실은 투기나 조장하는 놈들이다"처럼 한심함을 가득 담은 공격들이 날아든다.

그런데 바로 몇 년 전엔 상황이 완전히 달랐다. 그 시절 방황하는 젊은이들을 휩쓴 단어는 '욜로YOLO족'[2]이었다. 인생은 단 한 번뿐이니 내일 따윈 생각하지 않고 열심히 놀겠다던 그 자세 말이다. 한 세대가 바뀐 것도 아니고 고작해야 몇 년 지났을 뿐인데, 그야말로 극에서 극으로 라이프스타일이 뒤집힌 것이다.

'미래가 두렵다'라는 하나의 마음

나는 욜로족도 파이어족도 아니다. 욜로로 살기엔 남은 생이 너무 길 것 같고, 파이어로 살기에는 자본이 너무 부족하다. 그래도 마음속에서는 '욜로 하고 싶은 욕망'과 '파이어 하고 싶은 욕망'이 상충한다.

요즘 들어선 마음속 욜로파들이 유난스럽게 세를 확장하고 있다. 이 친구들이 애용하는 대표 카피는 "무슨 부귀영화를 누리자고……"다. 내가 1년을 꼬박 뼈 빠지게 일해야 버는 돈이 누군가에겐 '잃어도 그만'인 소액 투자 자금에 불과하단 걸 깨달을 때, 회사를 때려치우고 훌쩍 세계 여행을 떠난 지인이 단체 대화방에 올린 사진들이 유난히 부러울 때, 자신을 위한 투자라며 수백만 원어치 피부과 시술권을 아무렇지 않게 끊는 사람들을 볼 때……. 그럴 때 "너는 나중에 무슨 부귀영화를 누리겠다고 그렇게 아끼고 또 아끼며 사니"라는 속삭임을 들으면 속절없는 한숨이 새어 나온다.

그러다가도 "딱!"하고 죽비 소리가 들리는 순간이 있다. 회사 선배들이 온종일 일에 시달리며 늦게까지 야근하는 모습을 바라보고 있으면, 어느 순간 파이어파들이 다시 들고 일어나 "정신 똑바로 차려!"라고 경고하며 어깨를 내리친다. 현실을 직시하면 정신이 번쩍 들긴 한다. 직급이 높아질수록 스트레스는 기하급수적으로 상승하는데, 월급 상승률은 전혀 극적이지 않은 현실 말이다. 그 틈을 노려 파이어파들은 "저렇게 고된 삶을 이어가면서 정년 채우고 싶어?" "50살 넘어서까지 저렇게 일하고 월급에 연연하며 살고 싶어?" 같은 질문들을 숨 돌림 틈도 없이 쏘아 댄다. 결국 나는 코너에 몰린 듯 "아니, 더 일찍 자유로워지고 싶어"라고 답해야만 할 것 같은 압박에 굴복하고 만다.

만약 정말 욜로와 파이어가 서로 반대되는 태도라면, 나처럼 이렇게 팔랑대는 마음가짐은 그야말로 '진보이면서 동시에 보수이고 싶다'처럼 모순된 말이다. 하지만 실제로 내게는 두 가지 욕망이 정말로 다 들어 있다. 이게 가능한 이유는 사실, 욜로의 뿌리와 파이어의 뿌리는 같기 때문이다. "미래가 두렵다"는 강렬한 불안감 말이다.

"삶이 더 나아질 것으로 생각한다"는 어느 설문조사 문항에 "그렇다"고 응답하는 비율이 해마다 줄어드는 걸 이젠 우리 모두 안다. 막연한 낙관주의에 기대어 살기에는 사방에서 들려오는 비관적인 뉴스가 너무나 많은 세상이니까. "자식 세대가 부모 세대보다 가난할 것으로 생각한다"는 응답이 60퍼센트에 달해 역대 최고라는 기사[3]는 놀랍지도 않았다. 세상 모든 곳에 빈익빈 부익부가 젖어 든 시대에, 그건 밥 먹으면 배부른 것처럼 당연한 이야기니까.

나의 대학교 동아리 동기들은 전공이 모두 다르다. 학교에 다닐 때는 막연히 '졸업하면 천차만별로 살겠구나' 상상했었지만, 막상 시간이 지나고 보니 생각만큼 다르진 않았다. 어쩌다 보니 일찍 취업한 나를 빼면 대부분이 시험—주로 행정 고시—준비를 했다.

식품 공학을 전공한 섬세한 성격의 공대생 친구도, "그냥 재미있을 것 같아서"라며 고고미술사학 강의를 들으러 멀리 떨어진 캠퍼스까지 오갔던 쿨한 친구도, 중어중문학과를 전공한 발랄함 넘치던 친구도, 어느 순간에는 모두 독서실로 들어가 수험서를 펼쳤다. 그중 정작 행정학을 전공한 친구는 한 명밖에 없었다.

우리 동아리가 유난히 얌전하거나 학구적이거나 보수적이어서가 아니었다. 오만가지 성격의 4개 학과 학생들이 모여 있던 단과대학 안에서도 상황은 비슷했다. 마치 고등학교에 들어가면 당연히 수능 준비를 해야 한다고 배웠던 것처럼, 으레 정해진 절차나 순서를 따르는 것만 같았다. "왜 그 공부를 하고 행시를 준비하는 거야?" "전공 살리는 게 낫지 않아?" 같은 이야기를 하는 사람은 없었다. 우리 대부분 누군가에게 새롭고 모험적인 도전을 권유할 여유가 없었기 때문이다.

우리는 분명 패기가 흘러넘쳐야 할 20대 초반을 보내고 있었다. 하지만 학교 뒤 원룸촌을 보며 우리 입에서는 "건물주들이 부럽다"는 말이 습관처럼 나왔다. 때로는 고개를 쳐들고 손가락으로 짚어 가며 밖에서 보이는 창문 개수를 세기도 했다. 빌라 한 채에 우리 같은 애들이 꼬박꼬박 월세를 50만 원씩 내는 방이 몇 개씩 들어앉아 있는지 꼽아 보고 싶어서였다. 그럼 누군가는 옆에서 "저 아담한 빌라로도 가만히 앉아서 한 달에 400만 원씩은 족히 벌겠구나" 셈하며 씁쓸해했다.

간혹 장난삼아 "나중에 늙으면 실버타운에 모여서 같이 놀자"는 이야기도 했다. 하필이면 학교 근처 큰 길가에 '고품격 실버타운'이 떡하니 자리 잡고 있어서 우리 눈에 자주 밟혔다. 하지만 그런 대화는 결국 "근데 얘들아, 좋은 실버타운은 겁나 비싸대. 우리 돈 많이 벌어 놔야 해" 따위의 허탈하고 재미없는 결론에 다다르기 일쑤였다.

걱정과 불안을 대하는 두 가지 자세

흥청망청과는 거리가 먼 나조차도 어느 순간부터는 돈 많은 사람이 부러워지기 시작했다. 비싼 옷을 마음껏 입거나 해외여행을 원하면 언제든지 갈 수 있어서가 아니었다. 그들

모순덩어리가 살아가는 법

은 '미래를 걱정할 필요가 없겠다'는 점이 가장 부러웠다.

나는 '어떻게 살아야 하지?'라는 질문에 답을 얻을 수 없어 초조하다. 내 삶은 나이가 든 뒤에도 여전히 불안할 것 같아 두렵다. 욜로족이나 파이어족은 둘 다 이런 걱정들을 머릿속에 이고 사는 사람들이다. 그래서일까? 각종 인터뷰에서 파이어족과 욜로족이 하는 말들[4]을 들어 보면 둘을 명확히 구분하기 어렵다는 생각이 든다.

파이어족이 하는 말

"대기업 타이틀이 삶을 보장해 주진 않더군요."

"더는 내 삶을 남(회사)에게 맡겨서는 안 되겠다 싶더라고요."

"회사 업무는 만족스러웠지만 인생을 재설계하고 싶다는 욕구가 컸어요."

"남의 기준에서 벗어나 독자직으로 삶을 개척하겠다는 '의지'가 더 중요한 것 같아요."

욜로족이 하는 말

"열심히 일한 만큼 보상해 주는 곳은 회사가 아니라 나 자신이에요."

"현재 내 오감五感이 즐거워하고 만족하도록 살고 싶

어요."

"큰돈 없이도 삶의 가치를 높일 수 있어요."

"단순히 노는 게 아니라 인생의 주체로 살려고 노력하는 거예요."

두 라이프스타일을 가르는 것은 뿌리가 아니라 각자의 방법론과 환경이다. 욜로족은 '인생 2막 같은 건 없을지도 모르는데'라는 생각으로 미래를 잊고 현실의 1막이라도 즐겁게 살고자 하는 사람들이다. "삶이란 즐거운 것!"을 외치는 천진난만한 자들이라기보다는 오히려 다른 선택지를 찾지 못한 사람들 말이다.

반대로 이런 인생 1막에서 공격적으로 벗어나 한시라도 빨리 2막으로 넘어가고자 하는 사람들이 파이어족이다. 가늘고 긴 1막의 삶을 힘겹게 이어가는 대신, 구체적이고 확실한 은퇴 목표를 세워서 불도저처럼 짧고 강하게 밀고 나가는 사람들이다. 떼부자까지는 아니어도 자본을 어느 정도 확보한 '동수저'급이라면 이런 선택지도 있다는 것을 보여주는 것이다.

젊은 놈들이 한심해 보이겠지만

평생 성실하게 일했고 그만큼 보답받은 삶을 사신 분들

께서는 멀쩡한 직장을 그만두고 투자(혹은 투기)로 생활비를 벌겠다는 이들이 탐탁지 않을 것이다. 땀 흘려 일할 생각은 하지 않고 남의 돈으로 배나 불리겠다는 젊은 놈들이 일견 한심한 족속으로 보일 테니까.

반대로 뼈 빠지게 살았지만 여전히 노후가 아슬아슬한 분들께서는 "고생해 봐야 보람 없을 인생, 재미라도 찾겠다"는 이들을 보면 성이 나실 것이다. "열심히 해도 이렇게밖에 안 되는데, 너네는 빚쟁이로 살고 싶냐?"라는 한탄 섞인 목소리가 들려오는 듯하다.

하지만 젊은 세대가 그렇게 수많은 잔소리와 비난과 걱정을 견디면서까지 욜로족과 파이어족 사이 어딘가를 헤맨다면, 이제는 그 이유에도 좀 더 귀 기울여 볼 때가 된 게 아닐까. 우리는 "이제 뭐 먹고 살아야 하나"라는 답 없는 고민에 너무나 빨리 빠져들어 버렸는데, 헤어나기가 너무도 어렵다.

때론 우리 머릿속 욜로 세포가 "걱정한다고 뭐가 되냐! 내일 죽을지도 모르는 인생, 그냥 플렉스해 버려!"를 고래고래 외치는 바람에 여행에 큰돈을 지르기도 하고, 때론 파이어 세포가 "벌써 골로 가고 싶냐? 지금 덜 쓰고 바짝 모아서 빨리 이 모양 이 꼴 탈출할 생각은 안 하고!"를 외쳐대는 통에 난데없이 투자 공부를 시작하기도 한다.

그렇게 나침반도 없이 방향을 잡아가면서 우리는―적어도 나는―걸어가고 있다. 그 누군가가 택한 길이 너무 이쪽 혹은 너무 저쪽으로 보인다고 해서 결코 비난만 할 수는 없다. 결국 누가 더 나은 과정을 거쳐 더 좋은 결론에 도달했는지는, 어쩌면 그 미래의 시점에 다다르더라도 쉽사리 평가할 수 없을지도 모른다.

'메타버스'라는
알다가도 모를 버스

───────────────────────────✦

아무래도 나보다는 Z세대에 조금이나마 가까운 94년
생 남동생에게 물었다.

"동생아, 메타버스에 대해 어떻게 생각하니? 많이 활용
되는 것 같아? 애들이 좋아해?"

전직 공대생, 현직 대학원생이자 취업 준비생인 농생은
나름대로 소프트웨어 산업의 첨병으로 길러지는 중일 테니,
최소한 나보다는 뭘 더 알고 있으리라.

"음…… 글쎄?" 동생의 반응은 뜨뜻미지근했다. "우리
야 뭐 메타버스 쓸 일 별로 없지. 대기업들이 채용 설명회 같
은 거 메타버스로 많이 하는데, 그렇게 하면 한 번이라도 더
눈이 간다는 정도?"

"그럼 메타버스가 왜 아직도 잘나가는 거야? 내가 잘못 본 건가?"

"그렇다기보다는 요새 진짜 빠르긴 빨라지고 있거든. 내가 대학교 4학년 때 연구하던 주제를 지금 고등학교 동아리에서 벌써 연구한다고 하니까. 그래서 기업들도 반응이 좋든 안 좋든 좀 무리해 보는 거 아닐까?"

동생은 "대다수는 그냥 신기술 자체에는 관심이 없어. 편한지, 좋은지, 유행인지가 더 중요하지 뭐"하고 덧붙였다. 속으로 '대학 캠퍼스에 있는 너나, 광화문에 있는 나나 비슷하구나' 생각하며 짧은 대화가 마무리됐다.

분명히 메타버스 마케팅은 굉장한 붐이었다. MZ세대 소비자의 마음을 사로잡기 위한 필수품으로 보일 정도였다. 대선 주자들은 MZ세대 유권자의 표심을 노리겠다며 메타버스 플랫폼에서 선거 유세를 하고, MZ세대 청년들에게 다가가려는 기업은 취업 설명회도 메타버스에서 연다. MZ세대는 죄다 현실에 없고 메타버스에만 있나 싶은 정도다.

그런데 이상하다. 많은 사람이 메타버스 이야기를 하지만, 주변을 둘러보면 정작 메타버스 라이프를 즐기는 사람은 눈 씻고 찾아봐도 없다. 혹시 메타버스 열풍이 불어오는 곳은 아래쪽이 아니라 반대로 위쪽이 아닐까?

펄쩍펄쩍 뛰며 뭐하고들 있는 거지……?

제페토ZEPETO 앱을 처음 깐 것은 친구 A가 "요즘 초등학생들은 다 이거 한대!"라며 우리도 들어가 보자고 부추겼던 2021년 즈음이었다. 계정을 만드니 신나는 표정의 아바타가 보라색 하늘에서 빙글빙글 낙하하는 로딩 화면이 나타났다. 그 이후부터는 정말 신세계가 펼쳐졌다. 좀 더 발전한 수준의 '싸이월드'를 예상했던 내가 부끄러울 정도였다. 그곳에서 할 수 있는 것들은 내 상상을 초월했다. 아바타의 옷이나 액세서리, 헤어스타일은 물론 눈 크기, 팔다리 길이, 콧구멍 크기까지 커마(커스터마이징)할 수 있다. 수십, 수백 개의 포토제닉한 포즈를 골라 사진과 영상을 찍어 피드에 올리면 제법 패션 피플의 인스타그램 같은 느낌이 난다.

제페토 월드에서 가장 신기했던 것은 '상극(상황극)'이었다. 방장이 콘셉트를 정해서 방을 만들면 거기에 맞춰서 각자 역할을 맡는 모양이었다. 여주(여주인공)는 방장이 정하겠다는 '학교 상극', 방장이 아기인 '가족 상극', 오디션을 콘셉트로 한 '아이돌 상극' 중 아이돌 방부터 들어간 나는, 도착하자마자 실수로 남의 무대에서 열창하는 진상 짓을 저질렀다. 화려한 춤을 선보이는 아바타들을 멀찍이서 잠시 구경하다 '유치원 상극'으로 넘어왔다. 그곳에선 '원장 선생님'이라는 별명을 단 누군가가 "지금은 낮잠 시간"이라며 채

팅으로 아기 원생들을 다독였다.

재미도 있었지만 무엇보다 디자인이 너무 예뻤다. 가상이라는 것을 느끼지도 못할 만큼 모든 것이 매끄럽게 진행됐다. 하지만 고작 몇 군데를 돌아다닌 뒤 우리는 금세 지치고 말았다. 손가락을 움직여 조작한 우리의 아바타는 낯설고 환상적인 세계를 펄쩍펄쩍 뛰어다니며 이곳저곳을 허우적댔지만 결국 그 끝에 든 생각은 "이게 무슨 소통이라는 거야……?"뿐이었으니.

10대, 20대, 30대 저마다의 메타버스

MZ들이 바라보는 메타버스는 하나의 모습이 아니다. 메타버스는 10대에게 놀이터지만, 20대에게는 유용성 높은 플랫폼 정도이며, 30대에게는 투자 대상에 가깝다.

초등학생들은 로블록스Roblox에서 게임을 만들고[1] 중학생들은 제페토에서 아바타로 꾸미기와 만남에 대한 욕망을 해소한다. 제페토에 매일 접속한 지 1년이 넘었다는 10대 B가 제일 좋아하는 맵은 교실이다. 현실 속 교실과 비슷한 느낌이라 친구들과 들어오면 학교에서 만나는 느낌이 든다고 한다. 그는 "선물 교환 기능도 있어서 기념일에 선물을 주고받기에도 좋은 것 같다"면서도 용돈은 없는데 제페토가 현질을 부추긴다며 입을 삐죽 내밀었다.

이와 달리 20대에게 메타버스는 필요할 때 쓰기 좋은, 꽤 유용한 플랫폼 정도다. '메타버스'라는 네 글자를 둘러싼 타령엔 대부분 매력을 느끼지 못한다. MMORPG 게임이 인생 최대의 취미인 친구 B는 "메타버스가 게임이랑 뭐가 다르냐. IT업계의 용어 사기극에 불과하다"며 냉소를 보냈다. 어르신들은 젊은이들이 헤드셋을 끼고 친구들과 떠들며 게임하는 모습에는 혀를 끌끌 차면서, 메타버스가 유행이라고 하니 이제 와서 갑자기 열광하려는 게 한심하다는 것이다.

반면 '잡덕(여러 아이돌을 동시에 좋아하는 팬)'을 자처하는 친구 C는 "가상 현실이 현실보다 나을 순 없지. 그래도 현실에서 1년에 한 번 좋아하는 아이돌 보는 것보다는 메타버스에서 1년에 세 번 관련 이벤트 하는 게 더 좋다는 사람이 있을지도 몰라"라며 꽤 실리적인 태도를 보였다. 코로나19 때문에 페스티벌과 대규모 공연들이 씨가 마르면서 '콘서트 금단 증상'에 허덕이던 그는 'SM타운 라이브 2022'[2]를 본 뒤 "임팩트 넘치는 퍼포먼스를 제대로 감상하기에는 온라인 콘서트도 괜찮았다"는 결론을 내리기에 이르렀다.

30대 이상에게 메타버스와 연관된 단어는 '업무'나 '투자'로 넘어가 버리곤 한다. 메타버스라는 것이 완전히 혁신적인 개념인지 아닌지는 상관없다. 중요한 건, 앞으로 메타버스 관련주가 뜰 것이냐, 회사에서 주관하는 행사 기획안에 메타버스 콘셉트를 넣어야 하느냐, 팀 회의를 메타버스로 열겠다는데 어떤 플랫폼이 좋을 것이냐, 같은 것들이다.

20대들의 회의감을 30대라고 안 가진 건 아니다. 특히 본인들이 메타버스 서비스를 직접 즐기는 경우는 흔치 않다. 최근 스타트업으로 이직한 30대 후반의 친구 D는 모든 업무를 메타버스 사무실인 게더타운Gather Town에서 하고 있다. 그는 "어린 친구들은 꽤 편하게 생각하는 것 같은데, 나는 회식마저 원격으로 하는 이 생활에 적응하기까지 한 달이 넘게 걸렸다"고 털어놨다.

그럼에도 불구하고 나이 많은 밀레니얼들이 여기에 관심을 갖는 건, 메타버스가 단순한 가상 현실이 아니기 때문이다. 오프라인에서 대면으로 이루어지던 실생활의 면면들을 온라인으로 확장시키는 데에 방점이 찍혀 있기에 '수익성' 측면에서 가능성이 무궁무진하다는 사실이 더 중요하다. 물론 잘 될지 안 될지는 모르지만 말이다.

어르신들이 메타버스에 다급하게 올라타는 이유

10대들은 메타버스에 (과장해서 말하면) 상주하고, 20대들은 필요할 때만 들어가며, 30대들은 돈과 관련이 있는지만 신경 쓰면서 대체로 관망할 뿐이다. MZ들의 메타버스는 절대 한 덩어리가 아니다. 만일 청년층을 대상으로 선거 유세를 하러 제페토에 접속한다면, 그곳에서 만나게 될 사람들은 대부분 유권자가 아닌 10대거나 혹은 자녀 때문에 덩달아 접속한 30~40대 부모들일 가능성이 크다. 메타버스 마케팅은 생각보다 훨씬 더 세밀한 마이크로 타깃팅이 필요한 분야다.

학교와 기업의 높으신 분들은 이를 간과한 채 '요즘 애들론'을 펼치며 모든 것의 메타버스화化에 급급한 모습을 보인다. 무궁무진한 돈을 벌어다 줄 시장을 선점하진 못하더라도, 최소한 뒤처져선 안 된다는 생각에 다급하게 달려드는 것이다. 물론 정치뿐 아니라 엔터테인먼트, 마케팅 등 전 분야의 산업은 당분간 메타버스 세계에서의 사업을 일단 확장하고 볼 게 분명하다. 하지만 메타버스에 대한 피상적인 분석만 가지고 사업에 무리하게 뛰어든다면 오히려 젊은 세대의 냉랭한 반감만 살 공산이 크다.

최근 이투스가 만든 메타버스 교육 플랫폼[3]이 대표적이다. '압도적 몰입 학습'을 표방하며 만든 렉처룸과 스터디룸 등은 디테일이 꽤 살아 있다. 하지만 정작 제일 중요한 강의 영상은 일반 온라인 강의와 별다를 바가 없어 "이럴 거면 뭐하러 인원 제한을 받느냐"는 불만이 터져 나왔다. 프리미엄 이용권 구매를 유도하려는 것 아니냐는 의심을 받기도 한다.

의미 없는 메타버스 타령은 그만

누가 봐도 유튜브의 시대가 도래한 지 족히 몇 년은 지 났을 무렵, 회사 안팎에서 만나는 인생 선배님들은 입만 열 면 "요새는 유튜브라며?"로 대화의 물꼬를 텄다. "요새는 애 들이 다 네이버 대신 유튜브로 검색한다며?" "요새는 유튜 브가 TV보다 재밌더라?"로 시작한 대화는 어느새 자신도 재미있는 영상을 시간 가는 줄 모르고 봤다며 자랑하는 '나 의 신기한 유튜브 체험기'로 이어지곤 했다.

"나도 트렌드에 올라탔어"를 자랑하는 듯한 태도에 나 는 아연실색했다. 그들의 대화에선 정작 그 콘텐츠의 내용 과 구성이 어떤 점에서 인기를 얻는지는 논외였다. 그저 '아! 유튜브라는 플랫폼에 올려서 성공한 거구나!'라는 착각을 하고 계셨던 것이다.

지금의 메타버스 열풍에서도 비슷한 기운이 느껴진다. 취업 박람회를 장소만 메타버스 공간으로 옮긴다고 더 질 좋은 지원자들이 몰리는 것이 아니며, 공연 형식만 메타버 스 콘서트로 바꾼다고 수익이 늘어 나는 게 아니다. 앞선 기 술을 대중에 적극적으로 보여 주면 기업의 이미지를 리뉴얼 할 수도 있겠지만, 까딱하면 어설픔만 부각할 수도 있다.

우린 신기술이라면 무조건 환장하는 사람들이 아니다. 그러니 "요새 MZ세대에게 어필하려면 메타버스 해야 한다며?" 같은 오해는 하지 말자. 왜 메타버스인지, 무엇을 담을 것인지, 정확히 누구를 타깃으로 할 것인지를 고민하지 않고 이어가는 '메타버스 타령'은 그저 속이 훤히 들여다보이는 마케팅에 불과할 뿐이니까.

아트테크는
먼 나라 이야기?

◆

학생 땐 거미줄처럼 번잡한 서교동 골목 한가운데 있는 '매거진랜드'에 종종 들르곤 했다. 20년 넘게 한자리에서 버티고 있는 이 터줏대감은 겉보기엔 꼭 학교 앞 낡은 복사 가게의 형상이다. 하지만 일단 문을 열고 들어가면 "와……!" 하며 입이 쩍 벌어진다. 해외 곳곳의 유명 잡지들이 첩첩이 쌓여 예술적인 아우라를 물씬 풍기는, 그야말로 굉장한 곳이다.

시중에서 구하기 힘든 신간들은 5만 원을 훌쩍 넘기기가 예삿일이다. 하지만 운이 좋으면 꽤 괜찮은 과월호를 싼 값에 구할 수 있었다. 돈은 없지만 예술의 향기엔 다가가고 싶은 대학생에게 홍대 앞 매거진랜드는 파라다이스였다.

그곳에서 이것저것 뒤적이며 시간을 때우다가 마음에 드는 과월호를 한두 권씩 건져서 집에 돌아오면 곧바로 하는 일이 있었다. 책상 앞에 앉아 문구용 칼과 30센티미터 자를 꺼내 들고, 마음에 드는 작품들을 골라 최대한 네모반듯하게 잘라 내는 것이다. 그러고는 침대 머리맡이나 책상 옆 벽 혹은 수납용 박스에 테이프로 겹겹이 붙여 놓곤 했다. 햇빛을 받다 보면 잉크가 날아가 나달나달해지긴 했어도 괜찮았다. 작가 이름도, 작품명도 몰랐지만, 예술 문외한인데다 돈도 없는 내 딴에는 최대한 그림을 즐기는 방법이었다.

몇 년이 지난 지금, 온라인상에는 MZ세대가 미술 시장의 큰손으로 떠오르고, 이제 재테크를 넘어 '아트테크'에 몰려들고 있다는 기사들이 떠다닌다. 인기 있는 작품은 순식간에 팔려나가고, 아트페어에도 유례 없이 젊은 사람들이 떼 지어 몰려 다닌다. 내가 매거진랜드에서 과월호 잡지에 썼던 그 정도 금액으로도 '조각 투자'를 할 수 있게 되면서 시작된 일이다.

미술 시장에 몰려드는 청년들

지난 수십 년간 미술 분야의 컬렉터는 항상 거기서 거기로 비슷비슷했다. 2030 구매자가 폭발적으로 늘어난 것은 2020년대 들어서부터다.[1] 업계에서 아무리 애써도 안 되던 시장 확대가, NFT와 블록체인 기술이 미술품에 접목되면서 폭발적으로 이뤄진 것이다. 작품 소유권을 NFT로 보증할 수 있게 되면서 시장의 투명성이 보장된 것이 한몫했을 것이다. 하지만 무엇보다 작품의 '쪼개기 소유'가 공식적으로 가능해진 데다, 그렇게 확보한 소유권을 대외적으로도 '인증'할 수 있게 되면서 거래 모델 자체가 재편된 영향도 크다.

아직까지는 수익성도 나쁘지 않은 것으로 보인다. 서울옥션블루가 내놓은 미술품 공동 구매 플랫폼 소투sotwo는 2021년 출시 이후 14개월간 수익률이 평균 20퍼센트에 가까웠다고 한다. 한 조각(1000원)당 11원의 플랫폼 수수료를 제하고도 수익률이 10퍼센트를 훨씬 웃도는 것이다.[2]

가장 놀랐던 것은 여기에서 공동 구매를 진행했던 이우환의 〈대화Dialogue〉 소식이었다. 판매를 개시하자마자 한 작품이 12억 원에 낙찰되며 이우환의 공동 구매작 중 최고가 기록을 경신했다는 것이다. 구매액 절반 이상이 30대 이하의 지갑에서 나왔고, 그들 1인당 들인 돈은 평균 60만 원이 되지 않는다고 했다.

그 숫자를 보자 문득 몇 년 전 KTX를 타고 부산까지 갔던 기억이 났다. 을숙도에 있는 부산현대미술관을 먼저 들렀다가 옆 동네에 있는 부산시립미술관을 찾아 별관에 자리 잡은 '이우환 공간'을 방문했다. 작은 공간이었지만 여백이 흐르면서도 힘이 느껴졌다. 이우환의 작품들과 똑 닮아 있었다. 그곳에서 고요하고도 단단한 아우라를 창출해 내는 그림들을 보면서, 나는 감히 '소유욕'을 낼 생각은 하지도 못했다.

그런데 그의 대작이 수많은 조각으로 나뉘어 팔렸고, 그걸 사들인 사람들의 절반이 내 또래였다는 걸 알게 되자 갑자기 기분이 미묘해졌다. 영원히 손에 닿을 수 없을 것만 같았던 거장이 생각보다 너무 가까이에 있었던 느낌이었다. 내 부산행에 쓰였던 왕복 교통비만 10만 원을 훌쩍 넘었다는 사실이 떠올랐다면 내가 너무 속물처럼 보일지도 모르겠다. 하지만 부산을 두어 번 오가는 돈으로도 거장의 작품에 감히 한 발을 걸칠 수 있다는 생각은 한동안 내 머릿속을 떠나지 않았다.

덕질에 돈 제대로 쓰기

미술에 돈을 쓰는 건 그야말로 '궁극의 덕질'이다. 좋아하는 뮤지션의 앨범을 사는 것은 그의 음악이 담긴 CD를 구매하는 것이지, 그 음악 자체를 사는 것은 아니다. 내가 어떤 영화를 아무리 N차 관람하더라도 그건 관람권을 사는 것이지, 영화 자체를 구매하는 게 아니다. 음악과 영화와 책과 만화 모두, 웬만한 돈으로는 콘텐츠의 오리지널리티에 접근하는 게 사실상 불가능하다.

하지만 미술품은 다르다. 작품은 대부분 유일무이하거나 적어도 개수가 한정돼 있다. 그 희소성과 유일성 때문에 네모난 캔버스에 들어있는 작품 한 점이 수십에서 수백억 원을 얼마든지 호가할 수 있는 것이다. 그렇기 때문에 미술품은 '그들만의 리그'에서 거래되는 값비싼 안전 자산이고, 갑부들이 자녀들에게 재산을 물려 주기 위해 창고에 숨겨 놓는 물건이 될 수 있는 것이다.

그랬던 미술 시장의 폐쇄성이 점차 걷히고 투자의 진입 장벽이 급격하게 낮아졌다. 온라인과 모바일 미술 시장이 열리며 새로 진입한 투자자들은 당연히 2030이 주를 이룬다. 공동 구매한 미술품은 실물을 줄 수도 없고, 감상도 할 수 없다. 하지만 최소한 '그동안 접근할 수 없었던 원본'에 내 지분을 확보한다는 것은 그 무엇과도 비교할 수 없는 특별한 일이다.

우리는 우리가 좋아하는 아티스트들이 부유해지기를 간절히 바라는 사람들이다. "예술가는 가난해야 좋은 작품을 만든다"는 생각은 고루하고 잔인한 고정 관념이다. 지금 우리는 그들이 만들어 내는 콘텐츠와 작품들에 "작가님! 들숨에 부를, 날숨에 명예를 얻으세요"와 같은 기원을 담아 줄

줄이 댓글을 단다.

미술도 다를 바 없다. 내가 사랑하고 눈여겨보는 예술가와 그의 작품이 더 가치를 높여 나가기를 바란다. 미술품에 투자하는 이유는 물론 돈을 벌고 싶어서지만, 그게 전부는 아니다. 크게 벌지는 못하더라도, 내 돈으로 하는 투자에 내 취향을 반영할 수 있다는 점 자체가 주식이나 코인과는 다른 매력을 준다. 컬렉터라는 '고급스러운 타이틀'을 맛보는 느낌은 덤이다.

아무나 할 수 있는 건 아니지만

물론 아무리 쪼개기 소액 투자가 가능해졌다고 하더라도 미술 작품에 투자할 수 있는 청년들과 그렇지 않은 청년들 사이에는 분명한 틈이 있다. 아트테크를 하려면 어떤 작품이 좋은 작품인지 판단할 안목이 필요하다. 또 주식처럼 수시로 사고 팔 수 없기에 장기 투자가 기본이다. 맨바닥에서도 시작할 수 있는 주식이나 코인과는 전혀 결이 다른 투자다. 단순히 주식보다 안정적이라거나, 예·적금보다 수익성이 높은 새로운 금융 상품 수준이 아니다.

그렇다 보니 미술에 관심 있는 젊은 세대는 결국 '문화자본'을 갖출 여력이 되는 '있는 집 자식'일 수밖에 없다. 앞서 이우환의 〈대화〉 공동 구매에 참여한 MZ세대의 1인당 평균 구매액이 채 60만 원도 되지 않는다고 했지만, 실상은 '영앤리치'들도 상당수다. 한 작품에 1000만 원 이상을 쓴 '헤비 컬렉터'에서도 30대가 43퍼센트를 차지한다.[3]

미술이 그저 투자의 대상으로만 전락할지 모른다는 우려도 있다. 2021년, 2030세대가 '키아프KIAF'를 처음 휩쓸었을 때는 젊은 놈들의 '한탕주의 투기 열풍'이라는 곱지 않은 시선이 쏟아졌다. 작품을 감상하고 작가와 대화하러 온 것이 아니라, 그저 돈 될 것 같은 작품에 빨간딱지를 붙이려는 영 컬렉터들이 득시글댔다는 이야기[4]에는 아연실색할 수밖에 없긴 했다.

그렇다고 하더라도, 그런 점들을 곱씹으며 박탈감 속에 앉아만 있고 싶진 않다. 한때는 갤러리가 학교 과제를 할 때나 찾아갔던 어려운 곳이었지만 이제는 데이트할 때나 감성을 충전할 때도 얼마든지 가볍게 갈 수 있는 곳이 된 것을 생각해 보면 더더욱 그렇다. 전시 공간이 딱딱하고 어색한 갤러리를 벗어나 야외 공원, 쇼핑몰, 공공기관으로 다양해지면서 더 많은 사람이 방문하게 되고, 더 재미있는 전시가 이뤄지고, 더 다양한 작가들이 활로를 찾게 됐다.[5] 마찬가지로 미술품 투자의 접근성이 좋아지고, 방법이 다양해질수록 더 많은 창작자에게 더 새로운 활기를 불어 넣어 줄 선순환의 계기가 마련될 것이다.

나는 예술이 돈 많은 은퇴자들의 전유물로 남길 원하지 않는다. 무언가의 대중화는 대부분 좋지만, 예술은 특히나 더 좋다. 고만고만한 젊은이들조차도 예술에 폭넓게 접근할 수 있는 사회야말로 '일상의 예술화'와 '예술의 일상화'를 이룰 수 있는 전제 조건이다.

젊은 사람들이 한량처럼 배짱이 짓에 기웃댄다고 힐난하진 말아 주길 바란다. 최소한 백화점 문을 열자마자 명품백을 향해 미친 듯 달리는 '샤넬 오픈런'보다는 '갤러리 오픈런'이 굳이 따지자면 좀 더 가치지향적인 일이지 않은가.

명품 플렉스와
짠테크의 공생

✦

이쯤에서 또다시 등장하는 1994년생 내 동생은 온갖 포인트에 집착하는, 말하자면 '실속파'다. 멤버십 포인트, 간편 결제 포인트, 적립 포인트를 놓치지 않기 위해 각종 앱을 수십 개씩 깔고 관리하는 것은 물론이요, 지역사랑상품권처럼 결제 혜택이 있는 서비스들의 발행 일정도 줄줄이 꿰고 있다.

하도 포인트와 할인 혜택을 챙기다 보니 아버지가 "작은 것들에 너무 신경 쓰면 정작 큰 것은 놓친다"며 잔소리하실 정도지만 아랑곳하지 않는다. 나도 동생이 알려 준 덕분에 10퍼센트 할인 혜택이 있는 서울사랑상품권이 나오면 수십만 원어치를 사서 생활비에 쏠쏠하게 활용하고 있다.

동생이 챙긴 혜택은 한 건당 따지면 티끌 수준이지만, 전부 합치면 못해도 100만 원은 넘을 것이다. 소위 말하는 '짠테크'의 정석이다. 내 동생이 유난히 적극적인 편인 건 사실이다. 하지만 꽤 많은 2030들이 이런 혜택을 적어도 두어 개 이상씩은 챙겨 가며 살고 있다.

놀라운 것은, 그런 사람들이 때로는 명품처럼 비싼 것을 사는 데는 생각보다 과감하다는 사실이다. 한쪽에선 '고생한 나 자신에게 주는 선물'이라며 명품 가방에 수백만 원을 쏟으면서도, 다른 쪽에서는 각종 포인트와 쿠폰의 달인이 되어가는 2030들. 아마 MZ세대의 경제생활에서 가장 모순으로 보이는 것 역시 '명품 플렉스'와 '짠테크'라는 수식어가 동시에 붙는다는 사실 아닐까?

원한다면 플렉스!

"땡그랑 한 푼, 땡그랑 두 푼, 벙어리 저금통이 아이고 무거워"로 시작하는 동요 〈저금통〉은 "하하하하 우리는 착한 어린이, 아껴 쓰고 저축하는 알뜰한 어린이"로 이어진다. 적어도 1990년대생들까지는 이 노래와 함께 '아껴 써야 착한 어린이'라는 세뇌 교육을 받고 자랐다. 하지만 이제는 이런 저축 장려 노래를 학교에서 가르친다면 완전히 '한물간' 교육 취급을 받을 것이다.

지금의 우리들은 '써야겠다' 싶으면 돈을 쓴다. 고민은 길지만 실행은 단칼이다. 소위 '강남3구'의 괜찮은 동네에 본가가 있는 친구 A는 어느 날 "도저히 안 되겠어!"를 외치며 회사 근처의 신축 오피스텔을 전세로 구해 들어갔다. 통근길이 굉장히 복잡했던 것도 아니고, 부모님과 갈등도 없었다. 그저 더 늦기 전에 독립을 하고 싶다는 것이 가장 큰 이유였다.

뻔한 월급 받으면서 전세 자금 대출을 갚느라 '아껴 쓰고 저축하는' 삶에서는 당연히 살짝 멀어졌다. 하지만 A는 지금의 삶에 더할 나위 없이 만족한다고 했다. 집과 회사만 오가는 얽매인 삶에서 벗어나 자유로움을 만끽하고 있다는 것이다. 운동도 하고, 악기도 배우고, 드라마도 밤새 볼 수 있다. 부모님이 싫어했던 향초와 디퓨저도 종류별로 갖췄다. 한 달에 몇 십만 원 아끼는 대가로 매일 두 시간 반을 지옥철 속에 버리는 삶보다는 퇴근 후 시간을 자신이 선택한 무언가에 쓸 수 있는 삶이 훨씬 의미 있다고 그는 수없이 말했다.

그런가하면 지인 B는 시계에 꽂혀 있다. 그는 졸부도, 금수저도 아닌 평범한 자취생이자 회사원이다. 하지만 사람이 살면서 최소한 하나 정도에는 관심도 갖고 돈도 쓸 만하지 않느냐며, 자신에게는 그게 바로 시계라고 말한다. 관련 업계에서 일하며 시계의 세계에 눈뜬 그는, 그 이후로 해외에 다녀오거나 기회가 생길 때마다 중상급의 시계를 하나씩 사 모으기 시작했다.

그는 SNS를 별로 하지 않는다. 인스타그램에 외제 차나 명품백을 찍어 올리며 과시하는 사람들을 질색한다. 하지만 자신이 신경 써서 장만한 컬렉션을 자랑스럽게 여기는 그 마음에는 십분 공감한다. 자신이 애정하는 시계를 그날그날 기분과 상황에 따라 적절하게 맞춰서 차는 것만으로도 만족스럽다고 말한다. 가끔 자랑스럽게 손목을 보였다가 "남자가 시계와 차에 한번 빠지기 시작하면 패가망신한다"라거나 "사람이 명품이어야지, 비싼 명품 둘러봐야 소용없다" 같은 잔소리를 들을 때도 있지만, 그래 봤자 크게 신경 쓰지 않는다. 감당할 수 있는 수준에서 내가 번 돈을 내가 알아서 쓰겠다는데 괜한 말 얹는 '오지라피'들과는 별로 이야기하고 싶지 않다는 것이다.

적극 벌고 적극 쓰고

그런 MZ세대가 놀랍게도 한쪽에서는 동전 투자로 짠테크의 달인이 되어 가고 있다. 스마트폰 잠금 화면으로 광고를 보는 대신 리워드를 받는 캐시슬라이드는 어느덧 출시 11년 차 장수 앱이 됐고, 걷는 만큼 포인트를 주는 앱 캐시워

크도 꽤 스테디셀러로 자리 잡았다. 금융사들은 온라인 결제 후에 남는 100원 단위 잔액으로 하는 '동전 투자' 서비스를 앞다퉈 내놓고 있다.[1] (나 역시 몇 달 전 카카오페이의 동전 투자를 시작했지만 수익률은 갈수록 형편없다.)

이 서비스들에는 공통점이 있다. 스마트폰을 활용해 쉽고 가볍게 접근할 수 있고, 은근한 재미가 있는 데다, 보상 심리를 자극한다는 것이다. 마른 걸레 짜듯, 허리띠를 조르고 또 조르듯 힘겹고 눈물 나게 아끼는 '무조건 절약'과는 분명한 차이가 있다. 이렇게 버는 돈은 '디지털 폐지 줍기'라고 불릴 정도로 푼돈에 불과하다. 하지만 작은 노력에 상응하는 보상이 정확히 따라오기 때문에 적당한 효용감과 자기만족을 느낄 수 있다. 아버지가 "너 그러다 소탐대실할 수 있다"고 충고할 때마다 내 동생도 "그렇게 어렵거나 힘든 것도 아닌데 놓치는 사람이 오히려 바보"라고 받아치곤 한다.

MZ세대는 돈을 벌고 쓰는 데 굉장히 적극적이다. 세대가 어려질수록 더더욱 그렇다. 과거에는 한번 모은 돈은 건드리거나 깨어서는 안 되는 '신성한' 존재로 취급됐다. 하지만 지금은 전혀 아니다. 앱이든 자본이든, 돈을 벌 수 있는 수단이 있는데도 그냥 놀려 두는 것만큼 바보 같은 일은 없다. 자신이 할 수 있는 범위 안에서는 모든 방법을 동원해서 벌어들이는 것이 당연해졌다. 한때 어른들은 "애들은 돈을 모를수록 좋다"며 명절마다 어린 자녀의 세뱃돈을 우선 압수하고 봤지만, 지금은 초등학생들도 금융 조기 교육을 받고 있지 않은가.

지난 몇 년간 불어 닥쳤던 코인 광풍도 비슷한 맥락이다. '차곡차곡 저축의 미덕'을 믿던 어르신들이 보기엔 꽤나 충격적인 현상이었을 것이다. 실체도 모호한, 롤러코스터처럼 등락하는 '가상 화폐'라는 위험한 대상에 전 재산을 털어 넣는 요즘 애들이 얼마나 철없어 보일까.

하지만 시대를 막론하고 젊은 애들은 원래 과감한 법이다. 특히나 성질 급한 디지털 네이티브들에게는 주식의 시간조차 정기예금처럼 길게 느껴진다. 순식간에 엄청나게 벌었다는 인증 글이 온라인 커뮤니티에 속속 올라오는 현실을 뻔히 바라보면서도 '코인은 위험하니까 안 돼' 따위의 생각을 고수하긴 쉽지 않다. 차라리 '나도 한번 해 봐?'라고 생각하는 사람들이 훨씬 많았을 것이다. 할 수 있으면 하는 것이다. 그것이 MZ가 돈을 대하는 태도다.

소비도 마찬가지다. 월급 날 한 번씩 외식 하고, 먹고사는 데에 불가피한 생활비만 아껴가며 감당하고 나머지는 모두 저축하는 소극적 소비는 옛날 이야기다. 대신 우리는 "이런 데 쓰려고 돈 버는 거지!"를 외친다. 나 자신을 위한 선물로 특급 호텔에서 호캉스를 누리고, 더 수준 높은 자기계발을 위해 PT와 기구 필라테스 개인 레슨을 받고, 성과급을 받으면 소중한 사람에게 한 끼에 수십만 원짜리 오마카세 식당에서 한 턱을 쏘는 '적극적 소비'에 우린 이미 익숙해져 버렸다.

각자의 길대로

빚까지 내서 코인에 투자한 지인 C는 단체 대화방에 수백 퍼센트의 수익률을 올렸다고 인증한 지 얼마 되지 않아 이번엔 "테슬라를 뽑았다"며 사진을 올렸다. 대화방엔 "와, 좋겠다"라며 부러워하는 답장이 이어졌다.

"너 그러다 다시 수익률 떨어지면 어떡하려고 그래"라는 걱정이나 "너 아직 집도 없잖아. 그렇게 살다가 자가로 못 산다"라고 잔소리하는 사람은 아무도 없었다. 얼마 뒤 그가 올린 인증 사진은 이번엔 새파랬다. 다리가 후들거릴 만큼 커다란 손실이 났지만, 역시 아무도 "그러게, 왜 그렇게 무턱대고 투자를 했어"라고 잔소리하지 않았다.

누가 어떻게 벌어 어떻게 쓰는지는 더 이상 누가 간섭할 수 있는 문제가 아니게 됐다. 개미처럼 벌어서 종잣돈을 모으는 사람과 미친 척하고 코인에 몰빵해서 한탕을 노리는 사람, 둘 중에 누가 더 빠르고 많이 벌 수 있을지 어차피 지금은 아무도 모른다. 온 가족 한 달 식비를 20만 원으로 선

그어 놓고 빠듯하게 사는 사람과 1억 원짜리 차를 48개월 할부로 일단 긁어 놓고 허덕이는 사람 중 누가 더(혹은 덜) 현명한 것인지 역시 누구도 섣불리 말할 수 없다.

우리가 돈을 적극적이고 능동적으로 대할수록, 돈 역시 우리를 더욱 자주 배신하고 놀라게 할 것이다. 그저 저축하고 그저 덜 쓰면 보답받는 '성실한 순애보'는 더 이상 찾아보기 어려워졌다. 예측 가능성이라는 것이 이제 세상 곳곳에 얼마 없는 희귀한 개념이 되고 있는 만큼 돈이라고 다를 리 없다. 실망하고 후회할 일이 속속 닥쳐오더라도 별수 있겠는가. 감수하고 또 나아가는 수밖에.

당돌과
당황의 콜라보

나이가 얼마나 많든 상관없이 내게 진심 어린 "왜"를 건네주는 사람에게 나는 마음을 깊이 열었다. 그 마음 씀씀이가 고마웠고, 그 노력이 눈에 보였다. 아마 건방진 표현일지도 모른다. 하지만 꼰대가 되지 않으려는 노력, 무언가를 내게 말해 주고 싶을 때 혹여 내가 불쾌해하거나 상처받지 않게끔 하기 위해 들이는 그 노력이 "미안, 나도 벌써 나이 들고 꼰대가 돼 버려서 어쩔 수가 없어"라는 무관심한 태도보다 훨씬 치열하고 젊고 아름답게 느껴졌다.

"나 벌써 꼰대인가 봐"라는 포기 선언

'젊은 꼰대'의 숫자는 M과 Z를 구분하는 꽤 명확한 지표일지도 모른다. Z세대에도 젊은 꼰대들이 존재한다. 하지만 밀레니얼 세대에서만큼 많을 수는 없다. Z세대는 이제 사회에 진출하기 시작한 반면, 밀레니얼 세대는 이미 중간 관리자가 되고 있다. 밀레니얼 세대는 분명 아직 젊은 나이인데, Z세대를 보며 '내가 벌써 꼰대인가'를 꽤 자주 자문하게 된다.

어떤 밀레니얼들은 "그래, 나 꼰대다!"라고 재빠르게 선수 치기도 한다. 스스로 인정하는 쿨한 '셀프 디스'로 여기면서 말이다. 그런데 사실은 반대다. 그 말은 오히려 "요즘 트렌드를 따라가는 건 너무 힘들고 피곤해"라는 포기 선언이

당돌과 당황의 콜라보

자 "더 이상 쟤네들을 이해하고 같이 잘 지내려고 노력하기 싫어"라는 무책임 선언에 가까운 것이다.

빠르게 커지는 M과 Z의 간극

꼰대가 꼭 나이를 기준으로 정해지는 것은 아니다. 지금의 30대들은 구닥다리 옛말에 불과했던 '꼰대'라는 단어를 시대적 유행어로 소환시킨 당사자들이다.[1] 그동안 묵인되어 왔던 윗세대들의 행동을 아랫세대가 얼마나 속 시원하게 비판할 수 있는지 직접 보여 줄 만큼 보여준 세대다. 권위적이고 오지랖 넓은 어르신들의 행태를 손가락질하며 '꼰대질'이라고 패기 넘치게 외치면서 말이다. 오죽하면《90년생이 온다》라는 책까지 나왔겠는가.

그런 90년대생들도 세월은 피해 가지 못했다. 어느덧 중간 관리자급으로 성장한 그들은 본인이 원하든 원하지 않든 1020들의 눈에는 꼰대로 보일 계기가 훨씬 많을 수밖에 없다.[2] 밀레니얼 세대가 '꼰대론'을 들고 일어나 온 사회를 헤집어 놓은 가운데, 1020들은 자연스럽게도 충만한 권리의식을 가지고 자라났다. 모두의 '꼰대 민감성'은 높아졌는데, 사회는 점점 각자도생이다. 사방팔방에서 '젊꼰'들이 늘어날 수밖에 없다.

이런 상황에 30대 중후반의 '나이 많은' 밀레니얼에게

MZ세대라는 수식어는 '만 나이'와 비슷한 개념이다. 필요할 땐 편승하지만 아닐 땐 망설인다. 자기보다 더 나이 든 사람들과 있을 때는 "저도 아직 30대! 이 자리에서 유일한 MZ세대라고요!"를 당당하게 외치고 "에이, 나이도 먹을 만큼 먹은 네가 무슨? 하하하"라는 뻔한 반응을 즐기기도 한다.

하지만 정작 나이가 한참 어린 Z세대와 어울려 있을 때는 감히 먼저 'MZ세대'라는 단어를 입에 올리기 쉽지 않다. 스스로 Z세대와의 연대감보다는 격차를 더 크게 느끼고 있기 때문이다. 정확히는 그들과 자신이 같은 세대가 아니라는 사실을 이미 알고 있다. 설령 자기 입으로 "요새 우리 세대는……"이라고 운을 떼더라도 "뭐래, 아줌마(아저씨)가 왜 우리랑 같이 묶이고 싶어 해?"라는 냉대가 되돌아올 거란 걸 넉넉히 짐작할 수 있으니까.

그러다 보니 자꾸만 "나 벌써 꼰대인가 봐"라는 탄식 섞인 자조가 새어 나온다. 자기가 꼰대인 줄도 모르는 젊은 꼰대들보다는 최소한 '나 자신을 알고 있는' 것이 차라리 낫지 않느냐고 소심하게 항변하기도 한다. 이는 동시에 아랫세대에게 어떤 말이든 건네는 것이 두려워서 자기도 모르게 나오는 방어기제이기도 하다.

대학원생인 친구 A 역시 이런 상황에 툭하면 노출되다가 결국 입을 다무는 편을 택했다. 박사 과정의 '노예 같은'

삶을 사는 A는 산더미같이 과제가 쌓이다 보니 '월화수목금금금'으로 주 7일을 일에 쏟아붓는 날도 허다하다. 우리가 "연구실 사람들이 다 그렇게 살아? 다른 사람들은 뭐해?"라고 물어보면, 그는 허탈한 목소리로 답하곤 한다. 20대 후배들이 있긴 하지만, 그중 몇은 마감이 코앞으로 닥쳐오든 말든 자기의 일정이 늘 우선이라고, 어렵게 "주말에 연구실 혹시 나올 수 있니?"라고 물어보면 새침하게도 "죄송한데, 저도 지금 따로 하는 일이 있어서 일주일에 이틀 이상은 시간을 낼 수 없어요"라며 쏙 빠져 버리기 일쑤라는 것이다.

그래도 A는 화를 내거나 주말 출근을 강요하지 않았다. 대신 그냥 자기 몸을 갈아 넣는 편을 택했다. 그래도 버티기 어려울 때는 옛 친구들이 있는 단체 대화방에서 "너무 스트레스받는다ㅋㅋ"로 시작하는 토로를 쏟아 놓는다.

그렇게 고생하는 친구를 보는 우리는 기가 막힌다. "애들이 너무하네. 지금 같은 상황에 놀러가겠다는 생각이 드냐고 세게 얘기해 보면 안 돼?"라고 해결 방안도 제시해 봤고, 지나치게 감정 이입하다가 어느새 당사자보다 더 열을 내기도 했다. 하지만 A는 체념한 듯 말했다. "아니야, 여기서 말하면 나 진짜 꼰대 되는 거겠지……" 그리고 매번 이렇게 맥없는 웃음을 지으며 마무리한다. "애들이 아니라 이런 상황이 문제인 거지 뭐…… 후배들한테 태도 지적을 하고 싶은 거 보니까 나도 이제 나이 들었나 봐ㅎㅎ"

스스로를 꼰대로 규정해 버리기 전에

사실 스스로를 '꼰대'라고 쉽사리 규정하는 것은 위험한 발상이다. 조금이 아니라 적잖이, 아니, 굉장히. 일반적이고 정석적인 꼰대 대처법은 보통 세 가지로 나눌 수 있다.

1 참는다
2 피한다
3 역공한다

꼰대는 말이란 게 통하지 않아서 고쳐 쓸 수 없는 사람들이니, 첫째, 대응하지 말고 꾹 참거나 둘째, 아예 만날 기회를 두지 않거나 셋째, 미친 사람처럼 맞받아쳐서 도리어 그 사람이 나를 피하게 만들라는 조언이다. 공통점은 '소통의 대상으로 삼지 말라'는 것이다.

그런데 스스로 꼰대라는 정체성을 선제적으로 붙잡는다면, 그건 서로 상종하지 말자고 먼저 선언해 버리는 것과 비슷하다. "어린애들이 뭘 하든 우리가 터치하면 안 돼." "요샌 말 한번 잘못했다가 잔소리 취급받을 수도 있어." "후배한테는 카드만 주면 충분해. 밥 먹자고 하면 오히려 싫어할 거야." 이런 말은 사실 둘 사이의 장벽을 스스로 더 단단하고 높게 다지는 핑계와 명분이다.

　내가 일을 배우기 시작한 지 얼마 되지 않았을 무렵이었다. 그땐 아직 김영란법(부정청탁 및 금품 등 수수의 금지에 관한 법률)이 없었다. 내 출입처에서는 기자들이 주요 취재원들에게 밥과 술을 얻어먹는 것을 넘어 소위 택시비까지 받는 일이 자연스러웠다. 같은 팀 선배와 함께 식사 자리에 갔던 날 밤에도 비슷한 풍경이 펼쳐졌다. 우리와 꽤 부담 없이 친하게 지내는 사이였던 그 취재원은 헤어지기 직전 지갑을 탈탈 털어 택시비를 건넸고, 선배는 그걸 고맙다며 받아들었다. 세종대왕이 그려진 만 원권 몇 장이었다. 심야 할증이 붙은 택시 요금보다도 적은 금액이었지만 못내 부담스러웠다. 밥은 그렇다 쳐도 남의 지갑에서 나온 현금을 받는 것이 부자연스럽게 느껴졌던 나는 "이 문화 좀 구악인 것 같아요"라고 말했다. 지금 생각하면 많이 죄송한 말이다. 아마도 그는 내가 아직 사회화(혹은 흑화)가 덜 된 상태라는 점을 감안해 용서했으리라.

　선배 개인을 겨냥한 것은 아니었다. 하지만 내 말을 굉장히 예민하게 받아들였던 선배는 그날 이후로 한동안 사람들에게 농담을 듬뿍 섞어 "정수가 나를 구악이라고 했어"라며 이야기하고 다녔다. 그 말을 듣고 사람들은 "야, 정수 과감하네"라거나 "정수 말이 맞네. 좀 들어!"라며 웃었지만, 나는 전혀 웃기지 않았다.

그 선배는 후배에게 '구악'이라는 무례한 말을 듣고도 화를 내는 대신 농담으로 받아들이는 자신을 '쿨'한 사람이라고 여기는 것 같았다. 물론 그는 때로 쿨한 사람이었지만, 적어도 그날의 모습은 그렇지 않았다. 돌이켜 보건대, 아마도 내가 그날 듣고 싶었던 말은 "이건 그런 나쁜 게 아니라 서로를 생각하는 마음이야, 마음" 같은 말이 아니라 "너는 왜 그렇게 생각하니? 이유를 들어 보자"였던 것 같다.

내가 "당신의 방향이 옳지 않다" "당신의 지시에 동의하지 않는다"라고 말했을 때, 화를 내기 위한 예열 단계로 묻는 "왜"나, 단지 "난 분명 네 얘기 한번은 들어 줬다"라는 알리바이를 만들기 위한 "왜"를 꺼내는 사람이 아니라, 내 생각과 이유를 진심으로 궁금해하는 선배가 내겐 필요했다. 하지만 그날 나에게 선배는 전자의 모습에 조금 더 가깝게 느껴졌다.

나이가 얼마나 많든 상관없이 내게 진심 어린 "왜"를 건네주는 사람에게 나는 마음을 깊이 열었다. 그 마음 씀씀이가 고마웠고, 그 노력이 눈에 보였다. 아마 건방진 표현일지도 모른다. 하지만 꼰대가 되지 않으려는 노력, 무언가를 내게 말해 주고 싶을 때 혹여 내가 불쾌해하거나 상처받지 않게끔 하기 위해 들이는 그 노력이 "미안, 나도 벌써 나이 들고 꼰대가 돼 버려서 어쩔 수가 없어"라는 무관심한 태도보다 훨씬 치열하고 젊고 아름답게 느껴졌다.

어쩌면 후배들에게 "방금 그 말씀은 좀 꼰대 같았어요" "그런 조언은 자칫하면 오해받을 수 있어요" 같은 '역 조언'을 들을 수 있는 선배가 된다는 것 자체가 축복받은 일이 아닐까. 마음도 조금 아프고 때로는 몹시 피곤할지도 모른다. 그래도 분명한 것은 그런 대화는 오직 서로를 '소통할 수 있는 상대'로서 존중할 때만 오갈 수 있다는 것이다.

서로 대화를 아예 안 하게 되는 것은 확실한 재앙이다. 꼰대를 꼰대로 만드는 것은 "까라면 까"라는 강압적 태도, 공감 능력 부족, 상대는 무시하되 자신만 드높이는 이중 삼중 잣대다. 그런 것들을 조심하는 노력이 힘들고 구차하다고 생각해서 일찌감치 꼰대 팻말을 들어 버리는 것은 '찐 꼰대'로 가는 완벽한 지름길이 아닐까.

M과 Z가 각자의 안전지대에서만 담을 쌓고 지낸다면 각자는 물론 편안할 것이다. 하지만 한쪽은 분명 점점 '고인물'에 머물 것이고, 머지않아 30대가 될 Z세대 역시 장기적으로는 손해를 보는 셈이다. 밀레니얼들과 조금씩 싸워 가면서라도 그들을 이해하려 노력하는 과정은, 누군가에게 멋진 윗세대가 되기 위한 연습 과정이 될 테니까. 담쌓기와 선

굿기는 "휴, 나 때는 이렇지 않았는데……"처럼 한숨 섞인 '라떼'들을 더 많이 만들어 내기만 할 뿐이다.

만일 자신의 방식으로 여러 세대의 꼰대들과 소통을 시도했는데도 처참한 결과만 나왔다면, 그분들은 그냥 어쩔 수 없는 분들이다. 안타까운 일이지만 사람을 바꾸는 건 쉽지 않다. 때론 노력한 것 자체만으로도 가상하다고 평가하고 포기해야 할 때도 분명히 있다. 하지만 그런 시도가 여러 차례 쌓이고 쌓이다 보면, 누가 아는가? 알고 보니 괜찮은 인생의 조언자들을 몇몇 발굴해 낼 수 있을지도.

내가 아이를
낳지 않는 이유

"그거 이기적인 생각이야."

누군가 내게 말했다. 나의 엄마도, 아빠도, 남편도 아닌 그분은 본인에게 그런 조언을 할 자격이 있다고 생각하는 것 같았다. 나이가 지긋하신 그분은 준엄한 목소리로 "요새 젊은 사람들은 자기 생각만 한다"며 꾸지람을 이어 갔다.

결혼 3년 차, 아이를 낳아야겠다고 생각한 적이 없다. 결혼하기 전에도 마찬가지였다. 내 커리어가 우선이라서, 즐거운 인생에 방해가 될까 봐, 육아라는 고통에 뛰어들고 싶지 않아서가 아니다. 오히려 반대다. 어느 날 아이가 "엄마는 나를 왜 불행해져 가는 이 세상에 낳았어? 이 끔찍한 지구에서 어떻게 살아가라고" 하며 원망할까 봐 걱정돼서다.

출산 파업에 뛰어드는 전 세계 여성들

조심스러운 말투이긴 해도 여전히 사람들은 결혼한 사람에게 "그럼 애는 어떻게 할 계획이니?"라는 질문을 많이들 내밀어 본다. 내가 "생각 없어요"라고 대답하면, 열에 아홉은 "딩크DINK족이야?"라고 동어반복 한다. 다시 말해 "너와 남편은 둘 다 '아이 없이 자유로운 삶'을 꿈꾸는, 요새 유행하는 그런 부부인 거야?"라고 묻는 것이다. 마치 누군가가 "결혼 생각 없어요"라고 하면 "비혼주의인 거야?"라고 되묻듯이, 그게 나의 가치관과 정체성의 일부인지를 재확인하고 싶어 하는 듯하다.

얼마 전, 정년퇴임을 몇 년 앞둔 회사 선배들과의 저녁 자리에서도 똑같은 질문의 흐름이 이어졌다. 나는 그런 뜻에서의 딩크는 아니었기 때문에 그냥 대답했다. "저는 비관주의자이고, 이 세상이 좀 더 좋아지기보다는 나빠질 가능성이 현재로선 조금 더 커 보여요. 세상에 이미 태어난 아이들은 가능한 한 행복하게 살 수 있어야겠죠. 하지만 굳이 새 생명을 하나 더 만드는 것은 제 기준에선 무책임하게 느껴질 뿐이에요"라고.

선배들은 "듣다 듣다 처음 듣는 이유"라면서 어이없다는 표정을 지었다. 하지만 나는 꽤 진심이었다. 만일 살다가 너무나 아이를 원하게 되면 입양을 고민해 볼지는 모르겠지만, 지금으로서는 아이를 만들어도 되겠다고 도저히 자신할 수가 없다. 누가 물어보기 전에 내가 이 이야기를 먼저 꺼내지 않는 이유는, 이미 사랑스러운 아이를 낳아서 키우고 있는 다른 사람들을 저주하는 꼴이기 때문이다.

나는 그놈의 '아이 담론'이 나올 때마다 '이기적인 요즘 젊은 가임기 여성들' 중에서도 좀 특이한 여자로 취급받아 왔다. 그러다가 《시사인》의 한 여론조사[1]를 접하고 나서 처음으로 누군가와 동지 의식을 느꼈다. "기후 위기 때문에 자녀를 출산하지 않겠다"는 20대 여성이 33.5퍼센트라는 것을 알게 되자 '나만의 생각이 아니었구나'라는 생각이 싹트기 시작한 것이다. 20대 남성은 10퍼센트도 되지 않았지만, 어쨌든 무려 젊은 여성 세 명 중 한 명이 공유하는 생각인데도 터부시되어 왔다는 것이 오히려 놀라웠다.

우리나라만의 문제가 아니다. 작년 9월에 전 세계 10개국의 청년 1만 명에게 조사한 결과는 더욱 괄목할 수준이다.[2] 응답자 절반 이상은 "인류가 망했다"고 여겼고, 약 40퍼센트가 "기후 위기 때문에 출산을 주저하게 된다"고 답했다. 영국에서는 2018년부터 아예 '출산 파업' 운동까지 벌어지고 있다. 알게 모르게 나도 이미 동참하고 있었던 셈이다.

나 자신만을 위해서가 아니라, 오히려 아이가 살아갈 세상을 생각할수록 더더욱 아이를 함부로 낳기가 망설여진다. 하지만 내가 이렇게 온갖 '미래 걱정'을 늘어놓아도 여전히 사람들은 "그래도 넌 이기적이야"라고 쏘아 붙인다. "결국 네가 걱정하는 기후 위기와 경제 문제도 누군가가 해결해야 하는 거잖아. 네가 낳은 아이가 그런 역할을 하게끔 만들 생각은 왜 못하니? 그렇게 방관하다가 진짜로 한국이 사라질 수도 있다니까?"라면서.

하지만 내 솔직한 마음은 '설령 한국이 사라진다 한들, 나더러 어쩌라는 거냐'에 가깝다. 만일 정말 저출산 때문에 한국이 사라질 위기에 처한 시점쯤 된다면, 그때 인류가 당면한 최대 문제는 고작 한국 소멸이 아니라 훨씬 더 크고 근본적인 문제일 텐데. 저성장을 받아들이지 못하는 경제 시스템, 기후 위기를 별것 아닌 것으로 인식하는 사회에 미래 세대를 생산하는 것은 과연 얼마나 책임감 있는 일일까? 나는 쉽사리 답하기가 어렵다.

내가 아니라 아이를 생각한 선택

결혼도 출산도 의무가 아닌 선택인 시대다. 밀레니얼 세대가 탄탄하게 다져가는 생각이자, Z세대에게는 이미 너무나 자연스러워진 상식이다. 출산이 '당연한 것'의 범주에서 벗어났다는 것은, 아이를 낳는 사람도 낳지 않는 사람도 나름대로 이유가 있다는 뜻이다.

10년쯤 전에는 결혼과 출산을 미루고 거부하는 이유가 대부분 '나 자신을 위해서'였다. 어버이날마다 모든 아이가 "저를 이 세상에 태어나게 해주셔서 감사합니다"를 외쳐야 했던 시절임을 감안하면, 그것만 해도 충분히 대단한 도발이었다. 곳곳에서는 점점 더 "아이를 위해 헌신하고 희생하는 전통적인 부모의 틀에서 벗어나고 싶다"는 반항심이 꿈틀댔다. 아이 때문에 자신의 커리어를 포기하고, 아이 때문에 모든 욕구를 억눌러야 하는 삶에 "왜?"라는 물음표가 붙기 시작한 것이다. 아이 없이 자유롭고 프로페셔널한 삶을 꿈꾸는 젊은 맞벌이 부부들에게, 사회는 '돈은 두 배로 벌면서 아이는 갖지 않는' 딩크족이라는 이름을 붙여 줬다. 때로는 부러움에 찬, 때로는 싸늘한 시선을 보내면서.

지금의 2030들에게는 다른 이유도 새로이 자리 잡기 시작했다. '아이를 위해서' 망설이기 시작한 것이다. 20대들은 이제 "내가 아이 입장에서 선택할 수 있었더라면, 과연 이 세상에 태어나겠다는 선택지를 골랐을까?"라는 질문을 던지고 있다. "태어남 당했다"라는 말도 심심찮게 들린다.[3] 아이는 태어나고 싶어서 태어난 것이 아니라, 반대로 아이를 낳은 부모가 '이기적으로 선택한' 것이라는 발상이다.

이건 그냥 반항이 아니다. 점점 더 나빠지는 듯 보이는 세상에서 살아가는 것에 대한 심각하고 실존적인 고민이다.

엄청난 양의 교육과 경쟁 속에 짓눌리며 자라난 MZ세대는 자신의 아이들에게 그 이상의 투자를 해 줄 자신도, 그 이상으로 밝은 미래를 약속할 자신도 없다. 아이가 과연 행복하게 자라날 수 있는 세상인지, 행복하게 키울 수 있는 여건인지부터 생각해 본다면, 출산을 결심하는 건 결코 쉬운 일이 아니다.

돈이 아닌 행복의 문제

2030들이 단순히 애 키울 돈이 없어서 못 낳는 것이라면 아이 한 명당 얼마를 준다는 지원금 정책으로 모든 문제를 해결할 수 있을 것이다. 하지만 지금의 비출산은 가치관의 문제다. MZ세대가 아이를 낳지 않으려는 이유는 '여가를 즐기기 위해' '경제적으로 부담되어서'보다는 '아이가 행복하게 살기 힘든 사회여서'가 분명히 많다.[4] 그러니 기존의 저출산 담론에 이런 반박이 따라붙는 것은 너무나 당연한 일이다.

> 👀 아이가 주는 행복은 낳기 전엔 알 수가 없지만, 그 무엇과도 바꿀 수 없어.

> 👀 내가 행복해야 아이도 행복하게 키울 수 있죠. 근데 지금은 내 삶도 불행해요.

👀 걱정 마, 애들은 다 자기 먹고살 숟가락은 갖고 태어나는 거야.

👀 그런 무책임한 말만 믿고 덜컥 낳으라고요? 제대로 못 키울 바에는 아예 안 낳을 거예요.

👀 세상이 그렇게 빨리 망하지 않아. 지금도 과학자들이 얼마나 노력하고 있니.

👀 현실 인식이 안이하시네요. 당신이 외면하는 동안 이미 환경은 악화되고 있어요.

👀 젊은 사람들이 애를 안 낳으니까 우리나라 경제가 기우는 거야!

👀 미래 세대 생각 안 하고 퍼주기 연금 정책이나 만든 당신들 탓이지, 그게 어떻게 우리 탓이죠?

그래서 어쩔 거냐고? 인구가 계속 줄어드는 이 상황을 보고만 있을 것이냐고 묻는다면, 나는 "줄어도 된다"고 대답하고 싶다. 오히려 좋은 질문이다. 그동안 계속 인구가 늘기만 했던 것이 과연 자연스러웠는지, 이젠 정말로 진지하게 생각해 볼 때가 왔다. 끝없이 달리며 이어져 온 관성을 단순히 유지하기 위해, 행복을 장담할 수도 없는 세상에 더 많은 아이를 낳으라며—정확히는 더 많은 납세자이자 소비자를 생산하라고—강요하는 것이 더 잔혹한 일이지 않느냐는 말이다.

한때 아이라면 질색했던 한 지인은 요새는 태도가 180도 바뀌었다. 동네에서 엄마 손을 잡고 다니는 아이들을 볼 때마다 "귀여운 꼬마야, 무럭무럭 건강하게 잘 커야 한다"라며 흐뭇한 미소를 지어 보인다고 했다. 머릿속에 결혼에 대한 의지가 그다지 없어 보이는 그에게 왜냐고 묻자, 너무 당연하다는 표정으로 답했다. "미래에 우리들의 연금 부양자가 될 아이들이잖아요. 애들한텐 미안하지만, 우리를 생각하면 쟤들이 잘 커 줘야죠."

지금 상태 그대로라면 그 말은 사실이다. 젊은 사람들은 국가 경제 체제의 역피라미드에서 노인들을 부양하느라 자신들의 몫도 챙기지 못할 것이고, 양극화되어 가는 일자리 시장에서 인공 지능과 경쟁해야 할 것이며, 끊임없는 재해로 우리에게 존재감을 키워가는 기후 위기를 걱정하며 살아야 할 수밖에 없다.

저출산은 극복해야 하는 위기가 아니라 적응해야 하는 사회 변화라는 점을 이미 우리는 받아들이고 있다. 최재천 교수도 말했듯 "주변에 먹을 것이 없고, 주변에 숨을 곳이 없는데 그런 상황에서 새끼를 낳아 주체를 못 하는 동물은 진화 과정에서 살아남기 힘들다."[5]

닥쳐오는 위기를 그냥 멀뚱하게 바라보겠다는 뜻은 아니다. 다만, 별다른 고민 없이 아이를 낳아 놓고 "아이들이 살 세상이 어떻게든 나아지겠지"라며 막연하게 바라지 않겠다는 뜻이다. 아무 위기의식 없이 부모 세대가 해오던 대로, 국가에서 시키는 대로 살지는 않겠다고, 우리 삶의 터전에 밀려들어 오는 위협에 맞서 행동하겠다고 똑똑히 외치는 목소리들을 그들도 이제는 귀 기울여 들을 때가 왔다.

프로 손절러의
운명

누군가를 내 인생에서 "멀어지게 둔다" 혹은 "정리한다" 는 말은 덤덤하거나 시원하거나, 때로는 애틋한 느낌마저 준다. 하지만 누군가를 "손절한다"고 말하는 순간, 그와 나의 관계는 완전히 다른 것을 뜻하게 된다. 사람을 주식과 동급으로 취급하는 태도이기 때문이다.

'손절매', 지금까지 본 손해를 감수하고서라도 그냥 팔아 치워 버리겠다는 뜻이다. 사람을 손절하려면 그 사람이 내게 이익이 되는 존재인지 피해를 주는 사람인지를 찬찬히 따져 봐야 한다. 그리고 만약 피해가 이익보다 크다는 결론에 이르면 가차 없이 정리해 버려야 한다.

당돌과 당황의 콜라보

손절이 답임 ○○

"옷깃만 스쳐도 인연"이라는 옛말은 여전히 유효하다. 다만, 그렇게 옷깃을 스친 사람이라도 언제든 여차하면 끊어 버릴 수 있다는 것이 지금의 인간관계론이다. 맞다. '감히' 사람과 사람의 관계를 도움과 손해의 크기로 계산하려드는 게 요즘 애들이다. 거기에 한술 더 뜨기도 한다. 세상에 손절 못 할 관계는 없다고, 모든 인연은 아니다 싶으면 끝낼 수 있는 것이라고.

연애와 투자는 커뮤니티에서 배우면 안 된다고들 한다. 하지만 적어도 "골치 아픈 인간관계는 손절이 답"이라는 말만은 온오프라인 양쪽에서 통용되는 정답에 가깝다.

커뮤니티 게시판의 절대다수를 차지하는 인간관계 고민 글에는 손절을 추천하는 간증의 글들이 줄줄이 이어진다. "매번 그러려니 하고 참다가 8년 지기랑 결국 손절했는데, 걔 말고도 세상에 좋은 사람 많다는 걸 이제야 깨달았어." "손절할 땐 엄청나게 망설였는데, 솔직하게 다 말하고 인연 끊어 보니 너무 후련해". "사소한 걸로 질질 끌어 봤자 내 체력이랑 감정만 박살 나요. 뒤도 돌아보지 말고 끊어 내세요."

인생 선배 멘토들도 유독 '인간관계 손절'에 대해서만은 너그럽다. 유튜버 밀라논나 선생님은 "인간관계에도 유통기

한이 있다"며 다독이고, 박막례 할머니도 "나랑 장단 안 맞으면 손절하면 된다. 이놈 저놈 다 신경 쓰다간 죽도 밥도 안 된다"고 통쾌하게 일갈한다.

수십 년 살아온 인생을 되돌아보니 나를 괴롭게 하는 사람들에게 매달릴 필요가 하나도 없었노라고, 관계를 좀먹는 사람들은 망설이지 말고 단호하게 정리해도 괜찮노라고, 인생사 겪을 만큼 겪어 보신 분들까지 이런 후배들의 고민에 위안을 건넨다. 이제 인간관계 손절은 정답을 넘어 진리처럼 느껴진다.

우연이 아닌, 선택의 인간관계

돌이켜 생각해 보면, 사실 인간관계에 필연이랄 것은 거의 없었다. 인생의 친구라고 할 만한 이들은 '어쩌다 보니 내 주변에 있었던' 사람들이지, 내가 이모저모 따져 본 결과 가장 잘 맞을 것 같아서 선별한 사람들이 아니다. 내가 고등학교 3년 동안 가장 친했던 친구들은 입학 첫날 교실 앞뒤 자리에 앉았던 아이들이고, 대학 4년 내내 가장 가깝게 지낸 친구도 학번이 서로 붙어 있었던 것이 인연의 시작이었다. 심지어 지금 내 남편조차도 내가 원래 소개받으려고 했던 사람과 순서가 꼬이면서 만나게 된, 우연 중에서도 우연인 사람이었다.

그토록 웃음과 눈물과 때로는 목숨까지 걸어왔던 인간 관계였는데, 필연도 필요도 아닌 우연이 8할을 결정해 왔다면 조금 허탈할까? 어떤 동네의 어떤 거리에서 태어났는지, 우리 엄마가 누구네 엄마와 친해서 누구네 집에 나를 늘 데리고 다녔는지, 학원 셔틀버스에 누가 나와 같은 정류장에서 내렸는지 따위의 우연 말이다.

그럼에도 불구하고 그 시절 선택지에는 '끊어냄'이 없었다. 홧김에 때때로 "너랑 절교야!"를 외쳤었지만, 진지하게 관계를 단절하려는 마음은 아니었다. 서로 싸우든 말든, 우린 그 동네 그 바닥을 어지간해선 벗어날 수 없었으니까. 절이 싫으면 중이 떠나야 했지만, 떠나더라도 새 절을 찾기가 결코 쉽지 않았던 시절이었다.

지금 우리는 SNS에서 팔로우를 끊듯이 친구도 끊을 수 있게 됐다. 언뜻 비인간적이고 계산적인 것처럼 들린다. 하지만 단지 '만난 지 오래됐다'는 이유 하나만으로 고통스러운 관계를 이어 가느라 몸부림쳐 본 사람이라면 알 것이다. 팔면 팔수록 손해인 헐값 물건처럼, 애쓸수록 상처만 커지는 관계에 매달리는 것이 오히려 더 비인간적이라는 사실을.

몇 년에 걸쳐 쌓아 온 관계가 아깝긴 해도 그저 '매몰 비용'에 불과하다고 냉정하게 판단하는 것이 손절의 핵심이다. 함께 나눴던 추억들을 모조리 버리는 것이 아까울지라도, 그것에 매달려서 앞으로의 스트레스를 감당하는 것은 오로지 내 손해니까. 눈 딱 감고 과감한 손절을 감행했다면 가장 큰 고비를 넘은 것이다. 내 곁에 있는 다른 사람들을 챙기며 익숙함 속에 살 수도 있지만, 내키면 새로운 선택지를 골라잡아 볼 수도 있다. 예전에 봤던 친구의 친구 A가 성격이 꽤 좋아 보이던데 소개해 달라고 할까? 게임을 하다 알게 된 쿨한 아이 B와 좀 더 친해져 볼까? 생각이 좀 깊은 사람들과 진지하게 교류하고 싶은데 커뮤니티에서 독서 모임을 찾아 가입해 볼까? 얼마든지 가능하다.

관계를 베어 낸 자리엔 외로움이 고인다

"그런 관계에 네 노력을 허비하지 마. 세상에서 가장 소중한 건 너 자신이야."

"스스로를 사랑하라"는 절대 명제 앞에서, 타인과의 관계는 후 순위로 밀려난다. 세상에서 가장 소중한 나 자신 앞에 감히 무엇을 두겠는가. 가장 궁극적인 지침은 "세상에 손절할 수 없는 관계란 없다"이다. 아무리 천륜으로 얽힌 사람이라도, 마음만 먹으면 누구든 끊어 낼 수 있는 관계가 된다.

물론 그렇게 끊어 낸 자리엔 헛헛한 자국이 남는다. "인생은 외로움 아니면 괴로움"이라는 명언 앞에서 외로움을 선택한 '프로 손절러'들의 운명이다. "사람은 고쳐 쓰는 것 아니야"라는 말을 입에 달고서 이런저런 이유로 연을 끊어 내고 나면, 곁에 남는 사람은 생각보다 많지 않다.

겉보기에 꽤나 사교성 좋고 쾌활해 보이던 지인 C도 "전 사실 오랜 친구라고 할 만한 사람이 없어요"라고 고백해서 우릴 놀라게 한 적이 있다. 경고도 설명도 할 만큼 했는데 달라지지 않는 사람 때문에 스트레스받기 싫다던 그는 "가끔 아쉽긴 하지만, 내가 희생하면서까지 남에게 에너지를 쏟고 싶진 않아요"라고 말했다. 너무 가까운 것을 견디지 못해서 아예 멀어지는 것을 택한 그는 편안해 보였지만 행복해 보이진 않았다. 스스로를 사랑하는 게 아니라 스스로만을 사랑한 나머지, 사람과 사람 사이에 '적당한 거리'를 찾는 연습을 포기한 사람 같아서.

정현종 시인이 읊듯[1] 누군가와 관계를 맺는다는 것은 내 세계를 거대하고 복잡하게 뒤흔드는 일이다. 시시때때로 주고받아야 하는 연락은 대체로 쓸데없는 내용이고, 만나자는 약속 시간이 다가오면 귀찮음이 불쑥불쑥 고개 든다. 사소한 일로 매번 서로 서운해하다 결국 화해하는 것도 다 품이 드는 일이다.

그럼에도 불구하고 내가 얻는 것은 결속감이다. 누군가가 나의 안부와 근황을 궁금해하고 있다는 느낌, '우리'라는 이름으로 무언가가 실재한다는 느낌, 내가 누군가와 약하게

나마 연결되어 있다는 그 느낌 자체 말이다.

마음에 들지 않는 사람은 언제고 끊어 낼 수 있다는 생각은, 누군가도 나를 그렇게 생각하고 있을 것이라는 확신을 준다. 나 역시 언제든 잘려 나갈 수 있고, 인간관계란 원래 그렇게 느슨하고 헐거운 것이라는 생각, 꽤 각별하게 느껴지는 관계지만 사실 나만 그렇게 느꼈을 수도 있다는 생각, 내가 모르는 사이에 그는 이미 '손절 각'을 재고 있을지도 모른다는 불안감을 동반한 채로 안정적인 인간관계를 이어 가는 것은 불가능에 가깝다.

원하든 원치 않든 "피는 물보다 진하다"는 말이 있다. 하지만 Z세대는 심지어 그런 끈끈함을 느낄 만한 '피'조차 없는 경우가 대부분이다. 2000년에 태어난 셋째 이상의 다둥이는 전국에서 7만 명에 육박했지만, 20년이 지난 2020년에는 정확히 3분의 1로 뚝 떨어졌다.[2] "인생 어차피 혼자다"라는 말은 동년배를 다 떠나보낸 노인이 아니라 어린아이들의 입에도 오르내리는 말이 되어 버렸다. 어쩌면 걸음마를 떼자마자 경쟁 속에 부대끼며 살았으면서도 친구와 형제는 부족했던 MZ세대는 사실 가장 외로운 세대일지도 모른다. 손쉽고 맘 편해서가 아니라 인간관계의 스트레스를 감당하지 못해 손절을 택한 것일 수도 있다.

때로 손절은 두려움과 불안함을 숨기기 위한 방패가 되

기도 한다. 지금까지의 유대감을 부정할 순 없지만, 앞으로 '손해 볼 것 같으니' 먼저 마음을 전부 거둬 버리는 것이다. 더는 상처받지도, 이 관계를 고치려 노력하고 싶지도 않다며 자꾸만 관계를 칼로 도로록 긋다 보면 내게도 결국 칼자국이 점점 짙어지기 마련이다.

정확하고 적절한 이별을 위하여

단타 매매로만 크게 버는 사람을 찾기는 쉽지 않다. 안정적인 수익으로 연결되는 건 잠깐의 등락에 연연하지 않는 장기적 투자다. 도저히 가망이 없는 하락장에서는 손절이 답이겠지만, 때로는 '존버'가 승리하기도 한다. 하락세가 보인다고 가진 것을 전부 팔아 치우기보다는 분할 매수, 분할 매도로 상황을 두고 볼 필요도 있다.

인간관계도 마찬가지다. 손절은 물론 용기다. 그 못지않게, 장기 투자 역시 큰 용기다. 이별하기 전에도 시간을 두듯, 인간관계에도 내가 손절을 결정하기 전에 시간을 두는 것도 괜찮다. 하한가를 친 주식도 잠시 잊고 살다 보면 어느 순간 생각보다 꽤 회복되는 경우도 있지 않은가.

손절은 때로 분명히 정답이다. 하지만 때론 분명한 오답이다. 문제는, 그게 오답이었다는 사실은 깨닫고 나면 언제나 이미 늦었다는 것, 너무 늦기 전에는 깨달을 수조차 없다는 것이다. 정확하고 적절한 이별은 만남보다 중요하지만 그걸 위해선 우선 나와 당신의 솔직하고 끈질긴 대화가 필요하다.

'성급한 단호함'이 불러올 후회를 완화하기 위해서라도, 시간이라는 약은 꽤 중요할지도 모른다. 어느 날 배우 김태리가 말했던 것처럼, "좀 거리를 두고 서로의 삶에 좀 더 집중하다가 간만에 만나면 또 좋을 수도 있거든요. (중략) 좋았던 시절을 천천히 떠올려 보는 게 관계의 전환이 될 것 같아요. 싹둑 자르기에 20년은 너무 큰 시간이니까요."[3]

당돌과 당황의 콜라보

준스톤은
MZ를 대표하지 않아

━━━━━━━━━━━━━━━━━━━━━━━━━━━━━━ ✦

헌정사상 최초의 30대 집권 여당 당수이자, '펨코(에펨 코리아)의 아이돌' 이준석. 비록 지금은 '헌정사상 최초로 중 징계를 받은 집권 여당 대표'가 되며 중대한 정치적 갈림길 에 서 있지만, 좋든 싫든 그가 정당사의 한 획을 그은 것은 분명하고, 데뷔 이후 꾸준하게 정치권 세대교체의 신호탄으 로서 작용해 온 것도 분명하다.

아이러니한 사실은, 이준석이야말로 가장 선명하게 MZ들을 절반으로 갈라놓은 당사자라는 것이다. 그에게 열 광하는 남성들과 그를 비난하는 여성들을 보며, 다른 세대 들은 "자기들끼리 죽자고 싸운다"며 비판한다. 이준석을 향 해서는 "치기 어린 30대가 자기 정치만 할 생각에 멋대로 튀어 댄다"는 손가락질까지 얹어 가면서.

글쎄, 이 모든 게 이준석의 잘못이라는 생각에는 단호히 반대한다. 오히려 우리를 대신해 이야기할 수 있는 대변인들이 아직 너무나 적기 때문에 벌어진 일에 가깝다. 우리는 우리를 대표하는 단 한 명의 카리스마 넘치는 지도자를 원하는, 그런 사람들이 아니기 때문이다.

명석하고도 논쟁적인 인물

내가 개인적으로 아는 모든 2030 중에서 이준석은 가장 명석한 사람에 속한다. 4개 국어를 능숙하게 구사하고, 한국어와 영어는 심지어 말이 너무 빨라서 집중하지 않으면 놓쳐 버리는 수준이다. 경제, 기술, 역사, 외교 안보 등 어지간한 분야에 해박한 지식을 뽐낸다. 보통 사람은 한 가지 덕질만 하고 살기에도 벅찬데, 그는 덕후 중에서도 헤비 덕후의 영역에 속하는 철덕(철도 덕후)이자 밀덕(밀리터리 덕후)이다. 무엇을 물어보든 0.1초 안에 답변이 튀어나올 정도로 순발력까지 좋다. 그가 툭하면 누구에게든 '끝장 토론'을 하자고 달려드는 이유다.

그런 이준석의 가장 특이한 점은, 겉보기에는 지하철과 전동 킥보드를 타고 다니고 게임 좋아하는 '보통의 30대 남성' 이상도 이하도 아니라는 것이다. 노원구의 중산층 출신인 그는 심각한 악필이라 어디 참배를 다녀온 뒤 쓴 방명록을 볼 때마다 보는 사람이 민망할 정도다. '정치는 언제 하나' 싶을 만큼 페이스북과 온라인 커뮤니티에 거의 상주해 있기도 하다.

평범해 보이지만 비범한 지력과 당돌함을 갖췄다. 이준석은 기성세대에게는 "어린놈이 당돌하고 재수 없다"며 무시당하기에 딱 좋은 캐릭터다. 반대로 또래 유권자들에게는 가장 매력적일 수도 있는, 그래야 할 것 같은 정치인이다. 하지만 실제로는 MZ의 절반은 그에게 환호하지만 나머지 절반은 그를 싫어한다. 그것도 아주 많이. 그 결과는 당연히 분열일 수밖에 없다.

이대남들이 이준석에 열광한 이유

이준석이 가장 비판받는 지점은 '능력주의'다. 모두가 똑같은 링에서 경생하고 각자의 능력에 따라 성과를 얻을 수 있는 사회가 최선의 사회라는 것인데, 잘난 사람들만 주로 주창하는, 비판의 소지가 큰 이론이다. 내가 처음으로 '아, 위험한 수준인데'라고 느꼈던 순간은 그가 너무나 확신에 찬 목소리로 "이건 갈라치기가 아니다"라는 이야기를 반복했을 때였다.

그의 전매특허 중 하나는 할당제 폐지, 그중에서도 '여성 할당제' 폐지다. 여성은 더 이상 차별받는 약자가 아니기 때문에 배려가 필요하지 않다는 것이다. 유엔개발계획UNDP의 성불평등지수GII에서 한국이 189개국 중 10위에 올랐다는 점을 언급했지만, 세계경제포럼WEF의 성격차지수GGI에서 우리나라가 144개국 중 118위를 차지했다는 점은 외면하면서 말이다.[1]

정부나 기업 임원 중 여성 비율을 보장하는 건 역차별이고, 쿼터제는 가진 자들의 측근 챙기기를 위한 도구에 불과하다는 그의 말에 많은 사람이 격렬한 반응을 보였다. 여성들에게 피해 의식을 느끼는 소위 '이대남'들은 "드디어 우리의 대변인이 나타났다"며 그의 팬을 자처했다. 반면 여성들은 반발했다. 정말로 청산해야 할 진짜 기득권은 놔두고, 편리하게 약자들만 골라서 논리로 공격하는 것에 치를 떨었다.

아무리 싸움이 벌어져도 그는 물러서지 않았다. 아니, 오히려 더 많은 토론에 나갔다. 그는 명실상부한 관종이며, 자신의 언어로 자신의 생각을 적극적으로 말하는 데 몸을 사리지 않는 사람이다. 청년들에게 '래디컬 페미니즘에 시달리지 않는 세상'을 선물하고 싶다며 "노동부는 당연히 있어야겠지만 노조부가 있으면 곤란하다. 여가부는 여성들의 이익 집단으로 변하고 있다"[2]고까지 말했다.

그는 점점 더 이대남들에게 잘 먹히는 사람이 되어 갔으며, 반대로 이대녀들에게는 적이 되어 갔다. 한때 이준석과 애증의 관계였던 신지예 한국여성정치네트워크 대표가 "현재 20대 남성이 겪는 일자리 등의 문제는 자산 불평등 같은 다양한 경제·사회 문제가 복합적으로 얽힌 것인데, 이준석은 이를 남녀 싸움으로 단정하고 남성을 자신의 세력으로 삼는다"[3]고 지적한 것은 구구절절 맞는 말이다.

대통령 선거와 지방 선거를 거치면서도 정당 내부에서 그의 기세에 제대로 브레이크를 거는 사람은 별로 없었다. 애초에 젊은 여성 유권자들은 보수 정당을 그다지 지지하지 않았기에, 더 떨어질 지지율이라는 것도 없었다. 오직 눈에 띄는 것은 2030 남성층에서 보수 정당 지지율이 급격하게 높아졌다는 것뿐이었다.

다만, 달라진 점은 있다. 우선 2030 여성들 역시 '우리에게도 우리 버전의 이준석이 필요할지도 모르겠다'는 생각을 어렴풋이 하게 됐다는 것이다. 더 정확하게 말하자면, 누군가의 '키즈'나 정당의 선거용 '얼굴마담'이 아닌, 착하기보다는 똑똑하고 당돌한, 이슈의 전면에 나서는 것을 두려워하지 않는 우리의 대변인이 있어야겠다는 생각이 커진 것이다.

이준석의 여파로 탄생했던 '또 다른 초유의' 원내 제1당 지도자 출신 박지현은 죽도록 여론의 뭇매를 맞았고, 페미니스트를 자처하는 정의당 류호정, 장혜영 의원의 우왕좌왕하는 행보 역시 비판의 여지가 많다. 지금 이들은 비록 대중 정치인으로서 성공하는 데는 실패하고 있는 것처럼 보인다. 하지만 적어도 '청년 정치의 마스코트'에 머물지 않겠다며 좌충우돌하는 모습[4]은 적잖은 여성들을 자극하고 있다.

리더 한 명 대신 대변인 열 명이

이준석은 MZ세대 정치 인플루언서 중 최상위권을 차지한다. 하지만 그건 MZ세대가 이준석이라는 정치인을 우리의 대표로 여기고, 청년 정치인이 아닌 '정치인'으로서 높은 위상을 차지한 그를 자랑스러워하고, 그가 대통령이 되길 원해서가 아니다.

30대는 물론 20대와 10대가 원하는 것은, 우리 전체를 대표하는 단 한 명의 카리스마 넘치는 지도자가 아니다. 우리는 난세의 영웅을 순종적으로 믿고 따르는 전체주의 사회에 어울리는 인류가 아니기 때문이다.

물론 이준석이 현재 정치 구도에서 그 자리까지 오른 것 자체는 굉장히 평가할 만하다. 하지만 우리에게 필요한 건 제2의 이준석이 아니며, 10가지 다양성을 구겨 넣은 한 사람이 집권하는 정치는 더더욱 아니다. 대신 우리는 10명의 다양하고 젊은 정치인을 원한다. 그들이 자신의 영향력을 탄탄하게 키워 내서 이 지긋지긋한 정치권 바닥에 하나씩이라도 반향을 일으키는 것, 바로 그걸 원하는 것이다.

태초에 MZ 세대론을 가장 열심히 띄워 댄 것은 첫 번째가 경제계, 두 번째가 정치권이었다. 순수하게 젊은 사람들을 위해서가 아니었음을 당사자들이 더욱 잘 알고 있을 것이다. 정치인들은 2020년 총선과 2022년 대선을 앞두고 진영을 가리지 않고 'MZ 세대 유권자'의 특성을 분석하는 데 몰두했다. "좌우 이념에 종속되지 않고 누가 자신에게 도움이 될지 실리적으로 판단하는 세대"라는 결론을 얻은 그들은 갑자기 각종 '심쿵 공약' '소확행 공약' 같은 것들을 쏟아 내며 청년 구애에 열을 올렸다.

정작 청년 유권자 입장에서는 그런 움직임이 달갑지 않다. 누구를 뽑아도 "차세대의 표심을 내가 얻었다"고 으스댈 모습이 꼴 보기 싫기는 마찬가지다. 청년의 목소리라면 전부 귀 기울이는 깃처럼 표방하지만, 실상은 100가지 목소리 중 자신에게 필요하고 도움이 되는 목소리들만 선별해서 활용하는 행태에 우리는 매번 새롭게 질린다.

정치 혐오를 부추기는 환경 속에서도 주목받는 표를 든 청년 유권자들은 그래서 더욱 고심할 수밖에 없다. 뻔하디뻔한 기성의 선택지들을 놓고 인상을 찌푸리며 결국 개중에 차악을 고르며 괴로워할 것인가, 사표死票가 되더라도 나의 대변인이 되어 줄 사람을 발굴하는 정치 참여에 힘을 보탤 것인가. 이준석이라는 유별난 정치인에게 2030이 어쨌거나 저쨌거나 시선을 계속해서 줄 수밖에 없는 이유다.

너무나 쉽고 간단해진
혐오

✦

———————————————————————————————✦

　예전엔 누군가가 나를 경멸하거나 혐오할 수 있다는 생
각을 굳이 해 본 적이 없다. 살면서 크고 작은 잘못들은 좀
할 수밖에 없겠지, 모두의 사랑을 받을 만큼 완벽한 사람인
것도 아니고. 그래도, 그렇다고 내가 혐오 받거나 경멸당할
만큼 대단히 큰 죄를 짓진 않았으니까. 아니, 애초에 '누가
무슨 자격이 있다고 누군가를 함부로 혐오할 수가 있겠어'
라고 생각했다.

　요즘엔 점점 생각이 바뀌고 있다. 혐오는 이제 그렇게
대단하거나 극단적인 것이 아니다. 좋으면 좋다고 말하는
것처럼, 싫으면 싫다고, 혐오하면 혐오한다고 말하는 것이
너무 쉽고 간단하고 익숙해져 버렸다. 누구든지 언제든지

얼마든지 혐오의 대상이 될 수 있다. 그게 내가 아닐 것이라고 어떻게 함부로 확신할 수 있을까.

공기처럼 도처에 존재하는 혐오

10년도 더 전에 선생과 학생으로서 처음 만났던 친구가 갓 대학생이 된 뒤, 한번은 고민을 털어놓은 적이 있다. 학교 커뮤니티 '에브리타임(에타)'을 볼 때마다 스트레스를 받는다는 것이었다.

"이렇게까지 해야 하는 건지, 왜 이렇게 된 건지 잘 모르겠어요…… 게시판이 전부 다 여혐 아니면 남혐 이야기밖에 없어요. 무슨 얘기를 해도 '기승전페미'가 돼 버리고요……."

에타는 어느 순간부터 혐오 표현들로 도배된 전쟁터가 되어 버렸고 그 바람에 남자인 친구들과는 현실에서도 대화하는 것 자체가 부담스러워졌다고 했다. 별것도 아닌 것에 늘 날을 세우는 그들을 예전처럼 스스럼없이 대할 수가 없다고 말이다. 설령 겉으로는 티 내지 않더라도 속에는 에타 속 남성들처럼 날을 세우고 있을 것 '같아서' 마음이 불편하다는 것이었다. 여자인 친구들과도 마찬가지. 모든 걸 불편해하며 분노하는 친구들의 대화에 낄 때면, 마음속으로 '양쪽 다 이상해'라는 생각만 곱씹는 자신에게 꼭 문제가 있는 것처럼 느껴진다고 했다.

"제가 이렇게 생각하는 게 비정상인 걸까요?"라고 물어보는 그에게, 내가 건넬 수 있는 대답은 많지 않았다. 양쪽 모두에게 소외감을 느끼는 그가 안타까웠다. 그러면서도 자기 자신을 잃기 전에 먼저 생각부터 하려는 그가 대견했다. 넘실대는 혐오의 물결에 함부로 휩쓸리지 않으려는 꿋꿋함이 전해지는 것 같았다.

마치 상업 광고처럼, 이제 혐오는 눈만 돌려도 어디에서나 쉽게 찾을 수 있다. 누군가가 나를 혐오할 수 있다는 생각은 처량한 자기 비하가 아니라 당장의 현실이다.

우선 나는 여성이다. 그것만으로도 누군가 나를 얼마든지 혐오하고 비하할 수 있다. 동료 여성 기자들과 '취재 현장에서 겪은 성희롱 성토대회'를 벌이며 나눴던 이야기들을 차마 글로 옮길 수는 없지만 말이다. 게다가 내 직업은 기자다. 우리나라에서 직업명 그 자체만으로도 욕을 먹을 수 있는 집단이다. 아예 현상금을 내걸고 '기레기'들의 각종 정보를 대대적으로 제보받으며 공개하는 웹사이트도 있다.[1] (나역시 이곳에 대학교 때 동아리 이름, 친구들과 놀러 가서 머리에 꽃을 꽂고 찍은 사진 등 기자 생활이나 기사와는 전혀 관계없는 정보들이 떡하니 박제돼 있다.)

다행이라고 해야 할지, 나는 얼굴이 거의 드러나지 않는 신문 기자인데다 이름이 중성적이라 '여성 기자'로서 겪는 고충은 덜하다. 이름과 이메일 주소만으로는 성별을 판별하기 어렵기 때문에 익명의 독자들에게서 "××놈아 넌 썩은 권력의 앞잡이다" 같은 일반적인 수준의 반응만 받아 봤다. 하지만 여성이자 기자라는 두 가지 정체성을 공개적으로 가진 사람들은 기레기도 아닌 '기레년'으로 불리며 이미 너무나 많은 인신공격을 견뎌 내고 있다.[2]

사실 누구나 마찬가지다. 붐비는 점심시간에 엄마와 함께 온 식당에서 반찬 투정을 하는 초등학생도, 화려하게 차려입고 번화가를 걷는 중국인 커플도, 지하철역 엘리베이터를 이용하기 위해 휠체어를 타고 기다리는 한 중년 남성도, 그 밖에 우리의 시선에 들어오는 일상 속 모든 사람이 이렇게든 저렇게든 혐오의 대상에 얼마든지 오를 수 있다. 나름의 이유도 있을 것이다. 여성 혹은 남성이라서, 초등학생이라서, 중국인이라서, 또는 "그들이 우리를 혐오하기 때문에 우리도 그들을 혐오한다"라는 이유로⋯⋯.

나쁘단 걸 알지만 혐오해

"바르고 고운 말이 아닌 건 알겠는데, 너무 정확한 걸 어떡해?"

입이 험한 친구 A는 그야말로 '다채로운 혐오 표현'을 (본인 기준으로는) 참으로 시의적절하게 구사한다. 잘못된 줄 몰라서가 아니라, 알기 때문에 더 그렇다. 너무 익숙해져서, 너무 정확한 표현이라서, 게다가 입에도 너무 찰떡같이 달라붙어서, 쓰지 않고는 도저히 못 배기겠다는 것이다.

예컨대 그의 사전에 중국은 무조건 '짱깨'다. 나쁜 나라도 덩달아 짱깨다. 중국 음식점은 짱깨집, 중국의 속 터지는 사업 파트너는 짱깨 새끼, 이탈리아는 '유럽 짱깨'다. 최근 그가 가장 많이 '짱깨'를 외친 때는 베이징 동계 올림픽 기간이었다. 특히나 빙상 경기를 보면서 "짱깨가 짱깨하네 ××"를 수도 없이 외쳐 댔다.

지금의 사람들은 나쁘다는 것을 알면서도 혐오한다. 그리고 혐오를 합리화한다. 그 점이 가장 무섭다. "기만보다는 솔직한 것이 낫다" "앞에선 잘해 주다가 뒤에선 욕하는 것보단 차라리 앞에서 욕하는 것이 덜 위선적이다" "스스로를 욕하는 '셀프 디스'가 쿨한 것이듯, 남을 '공개 저격'하는 것도 과감하고 용기 있는 짓이다" "저 사람/저 집단을 싫어하는데는 그럴 만한 이유가 있는 것이고, 나는 당당하다"처럼 혐오를 합리화하는 수많은 명분 한가운데에는 '혐오는 솔직한것'이라는 인식이 뿌리내리고 있다. 절대로 혼자서는 할 수없는 일이다. 누군가가 혐오 표현을 쓰고, 거기에 동조하는것을 본다면, 다음 단계는 혐오 표현을 써도 괜찮다고 생각하고, 혐오 표현을 쓰는 게 재미있다고 느끼는 것으로 이어진다.

한 단계 한 단계 넘어갈수록, 마음속 한구석에 있었던 혐오는 구체적인 모양을 갖추며 덩치를 키워나간다. 사랑을 말로 표현하면 비로소 더욱 선명해지듯이, 정반대 대척점에 서 있는 혐오도 다를 바 없다.

게다가 혐오 표현들의 어감은 아닌 게 아니라 이상하게도 입에 착 달라붙는다. 뭐든지 줄여 버리는 MZ세대는 '착짱죽짱(착한 짱깨는 죽은 짱깨)'[3]처럼 신박하고 끔찍한 표현도 순식간에 만들어 내고 빠르게 확대 재생산한다. 어원도 짐작하기 어려운 '잼민이(어린이·어린 사람 비하 표현)' 역시 원래부터 존재했던 단어처럼 자연스럽다. 거친 소리가 세 개나 연달아 있는 '틀딱충(노인 비하 표현)'은 또 어떠한가. 이제 '틀'은 거의 접두사가 되어, 정치인들조차 '틀튜브(노년층 우파 유튜버)'[4]라는 단어를 사용할 정도다.

신중하고 조심스러운 단어들보다 훨씬 더 찰지고 사이다처럼 속 시원한 혐오 표현들은 입에서 입으로, 손에서 손으로 전해진다. 혐오 표현을 써 본 사람들을 대상으로 조사한 결과에서조차 10대는 25퍼센트, 20대는 19퍼센트가 "혐오 표현을 자제할 의향이 없다"고 대놓고 답했을 정도다. 60세 이상은 단 한 명도 빼지 않은 전원이 "자제할 의향이 있다"고 응답했는데 말이다.[5]

맵고 짠 맛이 입에 익다 보면, 어느 순간 싱거운 음식은 맛없게 느껴지곤 한다. 처음엔 '이런 생각을 해도 되나, 이런 말을 써도 괜찮나' 싶었던 것들이 어느 순간 자연스럽게 느껴지기 시작한다면 이미 혐오의 가랑비에 젖어 버린 것이다. MZ세대 중 혐오 표현을 듣거나 써 본 적이 없는 사람은 거의 없다고 해도 무방하다.[6] 어느 순간 만들어진 공유 집단 안에서 혐오는 점차 메아리치고, 무의식 속에 혐오는 점점 더 단단하게 자리 잡는다.

솔직함이 아니라 무지한 거야

혐오는 분명 정치적 올바름의 문제다. 어떤 사람은 목숨을 걸지만, 어떤 사람은 "그놈의 PC Political Correctness함, 이제는 지긋지긋해!"라며 치를 떠는 바로 그 정치적 올바름 말이다. 하지만 나는 혐오를 올바르고 말고, 논리적으로 말이 되고 안 되고를 기준으로 이야기하고 싶지 않다. 또 다른 싸움의 시작일 뿐이니까.

그보다 혐오는 무지와 무관심이라고 말하고 싶다. 여성이, 남성이, 애들이, 노인이, 성소수자가, 중국인이 어쩐지 싫고 불편하지만, 그들이 왜 그런지를 알아보거나 이해하려고 하는 대신 포기하는 것이다. 그런 마음엔 '나는 그들보다 낫다'는 우월감이 깔려 있다.

혐오를 표현하는 건 나와 그들 사이의 거리를 좁히려고 애쓰는 대신 더 적극적으로 벌리는 것이다. 이해는 힘들고 포기는 쉽다. 괴로운 일이 닥치면 이해하고 넘어서려고 하기보다 책임 소재를 가리고 새로 혐오할 대상을 찾는 것이 습관이 된 사람들이 넘쳐난다.

가까이에서 눈동자를 마주하며 욕하는 것보다, 강을 사이에 두고 돌을 던지는 것이 훨씬 쉽다. 구체적인 이름과 얼굴을 가진 현실의 상대방을 혐오하는 것은 부담스럽지만, 온라인에서 텍스트로만 존재하는 익명의 집단을 혐오하는 데에는 별다른 노력이 필요치 않다. 거리를 벌릴수록 혐오의 수위는 더 높아지는데도, 아무 죄책감 없이 "혐오를 자제할 의향이 없다"는 우리 또래들을 나는 정말로 걱정한다.

"일자리 문제 때문에 불안하고 힘들어서 그렇지, 코로나 때문에 교류할 기회가 없다보니 커뮤니티에라도 기댔겠지, 다들 삶이 팍팍하니 그랬겠지……" 청년 세대 내부 갈등을 다룬 분석은 항상 '그럴 만한 딱한 이유가 있었겠지'라는 전제가 달린다. 대부분 틀린 분석은 아니다. 하지만 아무리 그럴듯한 사정이 있더라도 정당화할 수 있는 시기는 이미 지나 버렸다.

혐오와 비관, 부정은 전염력이 강하다. 날마다 복제되는 새로운 혐오는 이미 MZ를 너무 많이 갈라놓았다. 그들이 온라인 커뮤니티에 넘쳐나는 혐오를 스펀지처럼 빨아들이며 날마다 서로를 조금씩 더 싫어하기 위해 들이는 노력이 나는 아깝다. 상대방을 좀 더 확실하게 싫어하기 위한 멸칭들을 만들어 내고 "입에 착붙"이라며 즐거워하는 사람들에게 화가 난다.

나는 그들과 다르고 그들은 나보다 못났다, 못난 걸 못났다고 말하는 것이 무슨 죄가 되느냐는 사람들에게 묻고 싶다.

"확실해? 정말로 그렇게 생각해?"

저온 화상과
피로 골절

◆

피로 골절이라는 증상이 있다. 특정 부위에 계속 충격을 받으면 어느 순간 뼈에 실금이 가는 것이다. 큰 사고를 당한 것도 아닌 데다, 엑스레이 검사를 해도 진단하기 어렵다. 그렇다 보니 '어라, 좀 아프네. 무리했나……'라며 어물쩍 넘어가거나 멍이 든 것으로 착각하기도 한다. 대체로 몇 주만 잘 쉬면 알아서 뼈가 붙는다. 하지만 모른 채 방치하다가는 자칫 완전 골절로 이어질 수도 있다는 것이 문제다.

요샌 문득 그런 생각이 든다. 트라우마나 PTSD(외상 후 스트레스 장애)라는 말을 입에 달고 사는 MZ세대도 일종의 피로 골절을 만성적으로 겪고 있는 게 아닐까, 라는 생각.

　　　　　　　　　　　　　당돌과 당황의 콜라보

'헬조선'이라는 불만이 사라진 자리

한때 젊은 사람들은 "지옥 같은 헬조선에 더 이상 살고 싶지 않다"고 외쳐댔다.[1] 한국은 자랑스러운 모국이 아니라 부끄러운 나라이며 한국이 싫어서 차라리 이민 가고 싶다고 토로했다. 그렇게 우리나라를 강타했던 '헬조선'이라는 말은 어느 순간—아마도 2017년 '촛불 혁명' 이후로—급격히 사라졌다.[2]

지금이 천국이 되어서 그런 건 아닐 것이다. 오히려 그 반대, "이제 진짜 헬이라서"라고 결론을 내는 사람들도 꽤 많다. "바보짓을 한 친구를 '×신'이라고 놀리는 일은 있지만, 실제 장애인에게 ×신이라고 한다면 더할 수 없는 모욕이다." "원래 지옥 안에선 지옥을 볼 수 없다." "예전엔 그냥 다 같이 불만을 토로하면서 뭔가 해소하는 느낌이었는데, 레알 헬이 되니 정신 똑바로 차려야겠다는 생각밖에 들지 않는다……." 오히려 더 비관적인 이야기들이 곳곳에서 들린다.

윗세대들은 "요즘 애들은 약해 빠졌다. 별것 아닌 일에도 쉽게 부러진다"고 생각하신다. 헬조선 시절에도 마찬가지였다. 이유를 이해하지 못할 바는 아니다. 우린 당신들처럼 목숨 건 전쟁이나 정치적 폭압을 견디지도 않았고, 가난으로 땅을 파먹을 필요도 없었다. 아직 정정하고 명랑하신 외할머니가 가끔 일제의 잔재가 강하게 남아 있던 젊은 시절 이야기를 하다가 불쑥 일본어로 욕을 하실 때나, 이북 출신인 외할아버지가 6·25전쟁 때 혈혈단신으로 피난을 내려온 이야기를 들을 때마다 짐짓 놀라곤 한다. 잠시 잊고 지냈던 격동의 근현대사가 얼마나 잔혹하고 비참했는지를 떠올리면 매번 숙연해질 수밖에 없다.

맞다. 우리는 경제가 꽤 발전한 뒤 태어나 고등 교육도 많이 받고 해외 경험도 숱하게 해 봤다. 기념일에는 비싼 식당에서 화려한 식사를 즐길 수 있게 됐고, 돈이 없어서 병원을 못 가는 경우도 드물어졌다. 그러니 어른들이 "헬조선을 외치는 건 진짜 맵고 쓴 맛을 못 봐서"라며, 궁핍했던 우리 역사 속 과거 모습이나, 다른 어려운 나라들의 동시대 현실과 비교해 보라고 권유 아닌 권유를 받는 것일 테다.

하지만 나는 여전히 궁금하다. 그런 심각한 충격과 고난의 시기를 겪고서도 "우린 그러고도 괜찮은데 너네는 왜 그러냐"라고 타박하시는 분들은, 정말로 괜찮으신 건지, 그들이 정말 그토록 강인했던 건지 말이다.

사실 그렇게 괜찮지만은 않을지도 모른다. 한국인의 정서가 '한'이고, 화병이라는 병이 한국인들에게만 생긴다는 말은 곱씹을수록 섬뜩하다. 어쩌면 그저 자기도 모르는 사이에 마음속의 무언가를 잃거나 다치고서도 '으레 그러려니' 하고 병이 날 정도로 견뎠다는 뜻이니까. 혹은 그들이 강인함을 유지할 수 있도록 누군가가 보이지 않는 노동을 대신해 주었을 가능성도 높다.

이거든 저거든 본질적으로는 비슷하다. "요즘 애들은 너무 약해"라며 인생의 쓰고 매운맛이 중요하다고 설파하는 윗세대분들은, 정작 본인이나 주변인이 이미 부러진 상태일지도 모른다.

잔잔한, 그러나 쉴 틈 없는 충격

우리가 그들처럼 강력하게 '얻어맞으며' 크지 않았다는 것이 우리의 멀쩡함을 보장해 주지도 않는다. MZ들은 비록 강도는 약할지언정, 빈도로 따지면 숨 쉴 틈 없이 이어지는 충격을 받으며 살고 있다. 군대 내 구타, 영유아 학대, 직장과 학교 내 성폭력, 열악한 환경에서의 산업 재해…… 모두 과거엔 쉬쉬하며 숨겨졌거나 별것 아니라며 무시당했던 일들이다. 한때는 '있어도 없었던' 일들이 이젠 매일같이 뉴스가 되어 터져 나온다.

내가 직접 당한 일이 아니라 뉴스로만 전해 보고 들은 간접 경험이라도 괴롭기는 매한가지다. 이번에는 내가 운이 좋아서 피했을 뿐, 얼마든지 과거에 겪었을 수 있거나 미래에 겪을지도 모르는 일들이니 볼수록 괴로운 것이다. 직

간접적인 위협 외에도 우리는 상대적 박탈감과도 싸워야 한다. 끔찍한 뉴스의 홍수에서 버티는 와중에, 내 또래 누군가가 코인으로 대박을 터뜨리고 앉은 자리에서 부동산 시세 차익을 수억 원씩 버는 모습까지 실시간으로 보고 있자면 괴로움은 기하급수적으로 가중된다.

그렇게 피로 골절이 온다. 작은 것들에 조금씩 끊임없이 얻어맞는 상황에시는, 아주 약한 타격 하나조차도 뼈를 완전히 부러뜨리는 '의외의 강한 한 방'이 될 수도 있다. 예민해지다 보면 작은 것도 여유 있게 넘기기 어려워진다. 무기력하게 방관하는 대신, 점점 더 공격적으로 변한다. '좋은 게 좋은 것'이라는 생각에는 절대 동의할 수 없다.[3] 도대체 누구한테 좋은 것이란 말인지는 모르겠지만, 적어도 그게 나는 아닐 테니 말이다. "사소한 것에 목숨 걸지 말라"는 말도 흘러간 구시대의 베스트셀러 제목에 불과하다.

소소한 것에서 얻는 확실한 행복이 중요해질수록, '소소하지만 확실한 불행'도 커진다. '소확행'을 원하는 건 작은 게 예쁘고 소중해서라기보다는 행복을 찾을 곳이 작은 것밖에 없기 때문이 아닐까. 작은 것에라도 집착해야만 행복해질 수 있는 이 세상에서 그 작은 것조차 침해당하며 살 수는 없다.

MZ세대가 공정에 집착하는 이유도 여기에 맞닿아 있

다. 기득권 노동조합들이 투쟁으로 관철시켜 온 '모두의 정년 보장' 같은 목표는 이미 구시대의 것으로 전락하고 있다. 지금의 젊은 직원들이 원하는 '동일 노동 동일 임금'은 기존의 그것과는 조금 결이 다르다. 비슷하게 일을 한 것 같은데 더 버는 경쟁사 동료들, 분명 함께 성과를 냈는데도 일부에게만 성과급을 나누는 회사, 특히 별로 한 것도 없어 보이는데 그 과실을 챙기는 조직 내 높은 연차 직원들을 견딜 수 없는 것이다. '합리적이고 확실한 보상'이 없다면 보편적 복리 후생이 후해도 아무 의미가 없어진다.

인터넷 커뮤니티에서 'PTSD'라는 표현이 흔하게 쓰이는 것 역시 그냥 넘길 게 아니다. 원래 큰 사고나 고문 같은 극도의 충격을 겪은 뒤 지속되는 정신적 질병을 뜻하는 PTSD는 이제 오히려 지나치게 가볍게 쓰이는 말이 됐다. 친구들이 자기를 빼놓고 단체 채팅방을 팠다는 하소연에는 "듣기만 했는데도 PTSD 올 것 같아. 나도 그런 일 겪은 적 있어"라는 공감과 위로가 이어진다. 중소기업의 현실을 적나라하게 담아 '하이퍼 리얼리즘'이라는 평을 들은 웹드라마 〈좋좋소〉에는 "직장인 PTSD 유발"이라는 칭찬 아닌 칭찬이 붙기도 한다.

아무 데나 PTSD라는 표현을 갖다 붙이는 것은, 실제 PTSD를 겪는 사람들의 고통과 슬픔에 비교하면 다소 무례하고 폭력적인 일이다. 하지만 분명한 것은, 이 젊은이들이 얼마나 다채로운 상황을 구체적인 충격으로 인식하고 공감하는지를 이런 언어적 습관이 적나라하게 보여 준다는 사실이다.

누가 더 괴로웠는지 경쟁하기보다는

영화 〈기생충〉, 드라마 〈오징어 게임〉 같은 K-콘텐츠의 대성공도 조금은 씁쓸하다. 언론과 업계에서는 우리나라 작품들이 국내를 넘어 세계적으로 인정받는 것에 감탄하며 "한국은 이제 헬이 아니라 선망받는 문화 강국이 됐다"고 자평했다.

하지만 정작 그 콘텐츠의 내용은 우리나라의 화려한 발전상이 아니라 끔찍하고 적나라한 현실이다. 보고 있노라면 적잖이 불쾌하고 찔리고 또 힘겹다. 이 작품들이 이토록 큰 열광을 이끌어 냈다는 사실은 여전히 많은 사람이 '헬'에 가까운 우리 사회의 모습에 격렬하게 공감한다는 뜻이기도 하다.

부러지는 줄도 모르는 새 부러지는 뼈처럼, 뜨거운 줄도 모르는 새 입는 저온 화상처럼, 많은 젊은이가 헬조선이라는 말을 속으로 삼키는 대신, 서서히 그리고 확실히 다치고 있다. 자각 증상도 없이 장시간에 걸쳐 입은 부상은, 때로는 한순간에 당한 부상보다 훨씬 치료하기 까다롭다.

"우리 땐 정말 힘들었다" "지금은 좋아진 건 줄 알아라" 라는 말보다는 "우리 때도 힘들었지만, 지금도 힘들겠구나. 너희도 우리도 괜찮아지도록 노력하자" 정도가 참 적당해 보인다. 지금 우리가 힘을 쏟아야 할 곳은 세대 간의 고통 경쟁이 아니라, 이 모든 고통을 함께 줄여 나가기 위한 노력이니까 말이다.

그리고
더 많은 목소리

한 사람을 '마음대로 추측'하고 '빠르게 이해했다'고 생각했다면, 당신은 오히려 그
만큼 그 사람과 더 멀어진 것일지도 모른다. 당신 앞에 있는 한 명의 MZ는 아마 당
신이 알고 있는 누군가와 비슷할 수도 있지만, 동시에 그 누구와도 다른 사람일 것
이다. '요즘 젊은 애들은 그렇다'는 색안경과 '요즘 젊은 애들답기'를 기대하는 마음
을 내려놓고 차츰차츰 알아 가 주었으면 좋겠다. 무언가를 좋아하고 무언가를 생각
하고 무언가에 열정을 가진, 한 명의 특별하고 젊은 사람의 세계를.

복잡다단한 고통,
복잡다단한 극복

✦

17만 7166명. 작년 한 해 동안 우울증으로 병원을 찾은 20대 숫자다.[1] 환자 다섯 명 중 한 명이 20대였다. 고작 4년 만에 두 배 이상으로 껑충 뛰었으니, 그야말로 기하급수적인 증가다. 이 언저리 나이대, 소위 말하는 MZ세대의 사정은 다 비슷하다. 2017년에 비해 10대는 90퍼센트, 10대 미만은 70퍼센트, 30대는 67퍼센트가 늘었다. 70대와 50대가 각각 0.5퍼센트, 2.8퍼센트 오른 것에 비하면 정말이지 거짓말 같은 숫자다.

우리는 분명히 많이 불안하고 불행하다. 자주 우울하고 고통스럽다. 다 같이 비슷하게 힘들었던 과거보다 다채로운 박탈감이 도처에 널린 지금이라서 더욱 그럴지도 모른다. 눈을 돌린 모든 곳에 나보다 잘난 사람들이 멋진 인생을 뽐내는 세상에서, 나만 제자리걸음을 하고, 나만 뒤처지고, 나만 초라하다는 생각을 지우는 데에는 엄청난 노력이 필요하다.

하지만 다행스러운 소식이 하나 있다. 적어도 우리는 힘과 용기를 내서 그 불안과 불행, 우울과 고통의 경험을 차츰차츰 마음속에서 꺼내 나눌 수 있게 됐고, 나아가 치료받으려 애쓰고도 있다는 것이다.

맛집 공유, 미용실 추천 같았던 '정신과 수다'

친구 A의 이야기

주기적으로 돌아오는 "우리 언제 모여?" 타령이 또 나오면서, 우리는 오랜만에 날짜를 맞추고 들뜬 마음으로 홈 파티를 열었다. 두 명은 열띤 토론 끝에 배달 음식을 몇 개 주문했고, 한 명은 백화점 푸드 코트에 들러 손바닥만 한 케이크를 사 왔다. 시작은 와인, 결말은 맥주와 하이볼과 기타 등등으로 끝났던 그날 밤, 우리는 옆집에서 컴플레인이 들어오지 않을까 중간중간 조심해야 할 정도로 끝없이 웃고 떠들었다.

별 맥락이랄 것 없이 중구난방이던 대화는 어느새 정신

과 치료에 관한 이야기로 이어졌다. 불면증이 심해져 정신의학과를 찾았다던 A는 처음 만났던 의사가 왜 별로였는지, 자신에게 잘 맞는 의사를 찾는 게 얼마나 중요한지, 병원을 옮긴 뒤에 새로 만난 의사와 어떤 상담을 했는지를 차근차근 늘어놓았다.

갑작스러운 전개이긴 했다. 하지만 그 말을 들은 우리는 "네가 그런 아픔을 겪고 있는 줄 몰랐어……"라며 숙연해지는 대신, 방금까지 그랬듯 앞다퉈 발언권을 찾기 시작했다. 한 친구는 자신도 불면증이 심해졌는데 치료받으면 개선이 될지 궁금해했다. 다른 친구는 자기 가족도 사실 다른 질환으로 정신과 치료를 받았던 과거가 있다고 털어놨다. 또 다른 친구는 자기네 회사 사람들이 많이 가는 병원이 '상담 맛집'이라며 은근하게 추천했다.

그날의 그 대화는, 다른 모든 주제가 그랬던 것처럼 자연스럽게 다른 주제로 넘어갔다. 유별나지도 않았고, 특별히 충격적이지도 않았다. 다만 기억에는 오래 남았다. 어떤 면에서는 마치 "염색은 그 샵에 그 쌤이 잘해"라거나 "커트할 거면 내가 다니는 집 원장님 소개해 줄까?" 식으로 이어지는 미용실 품평 같은 대화들과도 조금 비슷하게 느껴졌다. 마치 누구나 한 번쯤 생각하거나 얼마든지 겪어 볼 만한 흔한 일처럼 말이다.

친구 B의 이야기

나의 이 경험담을 들은 B가 "나도 그런 일이 있었어!"라며 맞장구를 쳤다. B에게는 서로 제각각이지만 만나면 유쾌한 오랜 친구 네 명이 있다. 다섯 명이 오랜만에 여행을 떠나 밤새 대화를 나누던 중 한 친구가 최근 들어 심리 상담을 받고 있다고 말문을 열면서 비슷한 이야기를 하게 됐다는 것이다.

B는 그때 꽤 충격을 받았다고 했다. 친한 친구가 정신과에 다닌다는 사실 때문이 아니었다. 오히려 반대였다. 그 자리에 모인 다섯 명 중 정신과 치료나 심리 상담을 받아 본 적 없는 사람이 자기 하나뿐이었기 때문이다. 우울증과 불면증 등 비슷하면서도 서로 다른 증상으로 병원을 찾았던 그들은 무엇이 얼마나 힘들었는지, 병원에서 어떤 일을 겪었는지, 주변 사람들이 자신들을 어떻게 대했는지를 열정적으로 이야기했다. B는 되레 무경험자인 자신이 대화에 함부로 끼기가 조심스럽다는 생각까지 들 정도였다고 했다.

다섯 명 중 네 명이 겪은 일이라고 해서 그만큼 가벼워지거나 덜 심각해지는 것은 아니다. 하지만 B는 그날 두 가지를 분명하게 깨달았다. 하나는 겉으로 아무렇지 않아 보일지라도 마음이 아프고 힘든 사람들이 정말 많다는 사실, 또 하나는 그들이 "나는 이랬는데 너는 어땠어?"라고 서로

물으며 경험을 공유하는 과정 자체에서 연대와 지지와 응원
이 이뤄진다는 사실이었다.

남들은 뭐 하고 사나……

사람이라면 목숨보다 연연하게 되는 것이 있다. 그건
바로 "남들은 뭐하고 사나"다. '남들은 이럴 때 어떻게 하
지?' '다른 사람들도 나처럼 생각하나?'와 같은 궁금증들이
'남들은 안 그런 것 같던데……' '나만 이런 거면 어떡하지?'
로 넘어가기 시작하면 그때부터 불행의 싹이 돋아난다.

과거엔 '엄친아'가 존재했다. 엄마들 역시 우리를 키우
면서도 '다른 집 아들, 딸들은 대체 어떤지'가 최대 관심사였
다. 엄마들의 잔소리에 언제나 존재하던 '엄마 친구 아들'과
'엄마 친구 딸'은 놀라울 만큼 하나같이 살갑고 똑똑하고 똑
부러지고 잘들 생겼다.

다행히도 그 시절의 엄친아와 엄친딸은 일종의 '전설 속
유니콘' 같았다. 내 눈으로 직접 만나거나 볼 일은 극히 드물
었던 데다, 엄마들 역시 사진 같은 실물 자료 없이 입으로만
그들의 소식을 전할 뿐이었다. '엄친'들의 이야기는 대체로
지겨운 엄마 잔소리의 한 축을 담당하는 수준 그 이상도 이
하도 아니었다.

지금은 사정이 조금 더 열악해졌다. 부모들은 온종일

카톡으로 온갖 사진과 대화 캡처를 공유하며 자식 자랑 경연 대회를 펼친다. 더 큰 문제는 나 자신이다. 유튜브와 인스타그램, 페이스북과 블로그에 흘러넘치는 '남들의 모습'을 스스로와 직접 비교할 수밖에 없는 운명에 처한 것이다.

맛있는 것 실컷 먹고도 날씬한 그들, 잠을 통 못 잤다는데도 여전히 예쁜 그들, 유행하는 건 다 해 보는 '핫한' 그들, 해외에 있는 친구들과도 반가워하며 영어로 댓글을 주고받는 '핵인싸' 같은 그들, 애인, 직장, 학위, 자격증 등 갖춰야 할 건 다 갖춘, 그야말로 부족함 없는 그들……. 인터넷 공간에 전시된 아는 사람, 아는 사람의 아는 사람, 낯설지만 익숙한 인플루언서들의 화려하고 행복한 모습이 모두 보정된 편집본이란 걸 우리가 왜 모르겠는가. 하지만 '그럼에도 불구하고'의 힘은 너무 세서, 머리로는 알아도 넘어서기가 쉽지 않다.

어떤 때는 特別하지 못한 나 자신이 너무나 초라하게 느껴진다. 재미나 보이는 남들의 삶에 비하면 너무 애매하고, 내세울 것도 마땅치 않은 내가 한심스럽다. 그러다가도 어떤 때는 평범해지고 싶어서 안달이다. 더도 덜도 말고 딱 남들 다 하는 수준의 '평균치'만 됐으면 좋겠는데, 이건 과하고 저건 부족한 나만 이상한 사람 같다. 평범하다 싶으면 특별해지고 싶고, 튄다 싶으면 평범해지고 싶은 비교의 늪에 빠진 사람은 불만족의 심연으로 무한히 빠져들어 버린다.

누군가는 "그냥 SNS 안 하면 되지, 왜 요즘 애들은 자꾸 남들이랑 비교하면서 불행해하고 난리야?"라며 한심해한다. 하지만 내면의 단단함을 확보하지 못한 상태에서 외부로 향하는 창마저 닫아 버리는 일은 오히려 단절과 고립을 뜻하는 것이 되어 버리기도 한다.

자신을 사랑하기 위한 자들의 연대

"어쩌면 누군가를 사랑하는 것보다 더 어려운 게 나 자신을 사랑하는 거야."[2]

이런저런 이유로, 지금의 우리가 살아가는 세상에서는 의식적으로 부단히 노력하지 않으면 나 자신을 사랑하기가 결코 쉽지 않다. 방탄소년단의 "Love Yourself"라는 느끼하고도 평범한 메시지가 세계인들의 마음을 뒤흔든 캠페인이 된 이유다.

약봉지마다 반드시 들어가는 위장약처럼, 우울의 늪에서 허우적대는 이들에게 내려진 처방전에도 언제나 '자존감'이 동봉된다. 죽고 싶지만 떡볶이는 먹고 싶었던 작가가 "그놈의 자존감, 자존감, 자존감"이라고 푸념했듯[3] 이젠 자존감이 거의 만병통치약으로 제공되다 보니 때로 왜곡되고 슬슬 식상해지는 것도 사실이다. 하지만 적어도 완벽해야만 행복해질 수 있다는 압박과 환상에서 벗어나도 된다는 말은 여전히 유효하다.

물론 지금 자기 모습이 망가졌을수록 똑바로 직시하고 받아들이는 것은 더더욱 벅찬 일이다. 때로는 괴롭고, 때로는 지는 기분이 들기도 할 것이다. 다행스러운 것은, 그 두려운 길을 함께 걸어갈 동료가 있다면 버거움을 조금은 덜어낼 수 있다는 사실이다.

병원을 찾는 10대, 20대, 30대 우울증 환자가 해마다 껑충껑충 늘어나는 이유는 물론 실제로 마음이 힘든 사람들이 그만큼 많기 때문일 것이다. 나아가, 고민만 하며 앓는 이들에게 "병원을 찾으면 큰 힘이 될 거야. 너무 걱정하지 말고 한번 가 봐"라며 용기를 주는 사람들 또한 그만큼 많아졌기 때문에 가능한 일이기도 하다.

각자의 복잡다단한 이유로 고통받는 젊은 영혼들이 늘어난다는 사실은 슬프지만, 적어도 이들이 자신의 정신 건강 이야기를 공유하기 시작했다는 것은 환영할 일이다. 구글 검색창에 '정신과 고르는 꿀팁'을 당장 검색해 보면, 생각보다 많은 정보와 응원과 동지들이 공개적으로 존재한다는 것을 즉시 느낄 수 있을 것이다.

그동안 정신 건강에 대한 이야기는 대체로 슬프고 무겁고 죽음을 연상케 했다. "정신 병원에 다니는 순간 인생 낙오자"라는 식의 폭력적 낙인이 난무했던 시절, '마음의 병'은 남들에게 말했다가는 곧바로 "웅성웅성"이라든가 "쑥덕쑥덕" 같은 반응으로 이어지기 일쑤였다.

하지만 이런 현상이 더는 지속되지 않으리라고 나는 확신한다. 아픈 사람과 아팠던 사람, 괜찮은 사람과 회복한 사람들이 자신의 과거와 현재 이야기를 더 많이 나눌수록 우리의 내면은 더 단단해질 것이다. 자신을 더 사랑하고, 세상을 덜 미워하고, 서로를 응원하기 위한 꿀팁을 우린 계속해서 키우고 나누며 나아갈 테니까.

보디 프로필과
보디 포지티브 사이

다들 말한다. "당신이 누구든, 어떻게 생겼든 아름답고 존중받을 권리가 있다"고. 그러면서도 한편에선 수많은 사람이 매일 인스타그램에 복근을 드러낸 '눈바디' 사진을 올리고 보디 프로필 촬영에 수백만 원을 기꺼이 쓰고 있다. 양극단으로 치닫는 듯한 유행을 보고 있으면, 2030이 결국 "겉 다르고 속 다른 이율배반적 세대"라는 결론에 이르기 십상이다. 입으로는 '자기 몸 긍정주의'를 말하지만, 그건 사실 '멋진 몸 긍정주의'가 아닐까.

하지만 MZ세대가 한 덩어리가 아닌 것처럼, 이들이 가진 '몸 가치관'도 결코 하나가 아니다. 멋진 몸을 가꿔서 드러내고 싶은 사람들이 분명 굉장히 많다. 반면, 나의 몸은 남에게 보여 주기 위한 것이 아니라고 생각하는 사람도 많다.

그래도 공통점은 있다. 우리 이제 "몸에 대해 좀 더 많은 이야기를 하자"는 것이다.

몸은 금기인 걸까

비난받아 마땅한 건 세상에 거의 없다. 그런데 이상하게 도 몸에 관한 이야기만 나오면, 너무 많은 이가 거침없이 창을 꺼내 든다. '보디 프로필 유행'이라는 글에는 "인스타 관종들의 필수 코스"라는 원색적 비난이, '보디 포지티브 운동'을 소개한 글에는 "못생긴 페미들의 자기 합리화"라는 얼토당토않은 욕설이 따라붙는다.

비난의 결은 다르지만, 방향은 결국 하나다. 그저 닥치고 있으라는 것이다. 마치 몸이라는 주제 자체가 우리 사회에서 금기인 것처럼. 마치 자신들에게는 몸에 대해 이야기하는 사람들을 비난할 권리가 있다는 것처럼.

보디 프로필 관종의 필수 코스라는 말에 나는 아주 조금은 동의한다. 요즘 애들은 보는 것도 좋아하고, 보여 주는 것에도 익숙하다. SNS는 인생의 낭비라는 생각에 한창 심취해 있을 무렵, 나는 모바일 생태계가 '노출증과 관음증' 의 상호 작용에 의존해 돌아간다고 생각했다. 자신을 드러내지 못해 안달 난 사람들과 남들이 뭘 하는지 끊임없이 봐야만 직성이 풀리는 사람들이 이 기형적 구조를 굴려 간다고 말이다.

하지만 이젠 '보여 주고 싶은 마음'과 '보고 싶은 마음'을 예전처럼 나쁘게 생각하지는 않는다. 사람들이 자기 마음과 생각을 꽁꽁 속으로만 묶어 둔다면 세상은 손톱만큼씩도 움직이지 않을 테니까. 관종이라는 말도 그렇게 나쁠 건 없다. 사람들에게 관심과 애정을 받고 싶은 마음을 부끄러워하고 인정하지 못하는 것보다는 "관심받고 싶어"라고 자신 있게 말하는 편이 한결 솔직하다. 그런 점에서 보디 프로필을 찍는 사람들은 꽤 매력 있고 에너지가 넘치는 사람들 같다.

갑자기 자격증을 따겠다며 한동안 연락도 끊고 공부에 매진했던 친구 A는 수험생 모드로 돌입하기 직전 맹렬하게 운동하더니 어느 날 갑자기 SNS에 보디 프로필 사진을 올렸다. 한없이 명랑하고 귀여운 줄로만 알았던 친구가 꽤나 프로다운 포즈로 고혹적인 눈빛을 뿜어내는 것을 보고 다들 충격과 감동에 휩싸이는 바람에 간만에 단체 대화방이 불타올랐다.

체지방을 쪽 빼기 위해 닭가슴살과 방울토마토로 허기를 때우면서 평생 없을 고강도 웨이트 트레이닝을 했던 마지막 기간은 솔직히 좀 지옥 같았노라고 A는 시인했다. 하지만 결과물을 보니 "살면서 딱 한 번은 해 볼 만했다"는 생각이 절로 들었다는 그의 말에 부러움이 잔잔하게 몰려왔다.

사진 속 A의 모습은 조금 어색해 보였지만 대단했다. 구석구석 단련한 몸 자체도 물론 아름다웠다. 하지만 무엇보다 젊을 때의 모습을 후회 없이 남기기 위해서, 단 한 번쯤 가장 탄탄한 몸을 만들어 보기 위해서, 시간과 노력과 돈을 투자하고 하나의 목표에 몰입했던 그 '열정'이 가장 부러웠다.

보디 프로필을 결심하는 동기, 준비하는 과정, 완성한 결과를 지켜보노라면 모든 것, 매 순간에 '진심'인 사람들의 열정이 느껴진다. 무기력하고 앙상한 사람들에게서는 좀처럼 찾기 힘든, 불꽃처럼 맹렬하고 열정적인 건강함이 그들에게는 있다. 먹고 싶은 게 생기면 원 없이 먹되, 다음 날에는 "득근!"을 외치며 헬스장에 출근한다.[1]

덜 먹고 덜 움직이는 게 덜 힘들고 돈도 덜 들지 않느냐는 생각은 매력 없다. 바야흐로 먹는 것에도 진심, 운동에도 진심인 사람들의 시대니까. 거울 보고 혼자 만족하면 되지, 왜 다 벗은 몸을 인터넷에서 과시하고 난리냐고? 평소였으면 못 할, 과감하고 파격적인 도전을 하는 것 자체에 짜릿함이 있으니까.

이젠 거의 한 해에 한 번꼴로 보디 프로필을 찍는 친구 B는 사진을 SNS에 올리는 건 자랑이 맞다고 말한다. 다만

그리고 더 많은 목소리

자기 몸을 전시하고 평가받기 위해서가 아니라, 그동안의 고생과 빛나는 결과물에 대한 순수한 자랑이라고 했다. "용기를 못 낼 뿐이지 연예인처럼 화보 한번 찍어 보면 좋겠다는 판타지, 솔직히 다들 있지 않아?"

한껏 다듬고 꾸민 자기 몸의 결정체에 친구들이 핫하다고, 멋있다고, 대단하다고 뜨거운 반응을 쏟아낼 때 자존감까지 한껏 높아짐을 진하게 느낀다. 스스로를 충분히 사랑하지만, 그럼에도 불구하고 거울만 들여다봐선 절대 완전하게 채울 수 없는 무언가가 있다. 그동안은 남에게 보이면 안 되는 부끄럽고, 심지어 '싸 보일까 봐' 나도 모르게 숨기고 있던 몸을 작품처럼 다듬고 드러내는 데서 오는 해방감 같은 것들 말이다.

못생긴 몸들의 반란

한편 보디 포지티브가 못생긴 몸을 가진 사람들의 자기 합리화라는 비난에도 난 아주 일부분에는 동의한다. 단, '그간의 말도 안 되게 획일적이었던 미의 기준이 못생겼다고 감히 규정해 왔던 몸'을 가진 사람들이 '더 이상은 그렇게 생각할 필요가 없다는 사실을 깨달은 것'이라고 고쳐서 말할 수 있다는 전제하에 말이다.

미의 기준에서 벗어난 몸을 가졌다는 건 때론 슬프고

때론 피곤한 일이다. 기준에서 멀면 멀수록 더욱 그렇다. 사실 내 얘기다. 하체는 근육이 꽤 발달한 편이지만 상체는 지나치게 빈약한 편이다. 건강 검진을 받을 때 인바디 측정을 하면, "상·하체 불균형 심함"으로 나올 정도다. 그중에서도 필요한 곳은 빈약하고 정작 없어도 되는 곳은 두툼하다는 점이 더 슬프다.

내가 20대 초반이었을 때까지만 해도 엄마는 내 다리를 보며 "여자애 다리가 이렇게 튼실해서 어떡하니. 치마도 못 입겠다"라고 입버릇처럼 말했다. 매끈하고 가는 다리들을 보다가 내 무릎 위에 불뚝 두드러진 허벅지 근육을 보고 있으면 나도 모르게 한숨이 나왔다. 유명 여자 연예인에게 붙곤 했던 '꿀벅지' '말벅지' 같은 수식어는 나를 향한 비난 같았다. 바지를 살 때는 흰색을 집어 들었다가도 굵직한 다리가 부각될까 봐 내려놓는 바람에, 옷장엔 검은색과 진청색 바지만 쌓이기 일쑤였다.

반대로 속옷을 살 때는 정반대의 이유로 딱 맞는 치수를 찾을 수가 없었다. 윗가슴 둘레에 맞추려면 모든 제품이 남아돌았고, 컵 사이즈에 맞추려면 주니어 브라 판매대로 가야 했다. 속옷 매장을 둘러보면 볼수록 나는 성인 여성의 범주에 낄 수조차 없는, 신체적으로 미성숙한 몸을 가진 사람으로 전락하는 느낌이었다. 인터넷 쇼핑몰을 전전하며 적

당한 것들을 사 모아 보기도 했다. 하지만 사용자의 몸은 생
각하지 않은 조악한 디자인 때문에 결국 매번 '아하, 나 같은
사람은 고객 취급도 안 한다는 건가?' 자조하며 반품하길 반
복했다.

더 다양한 몸 그리고 더 많은 목소리

몸에 대한 콤플렉스를 조금이나마 지울 수 있게 된 지
는 얼마 되지 않았다. 그냥 시간이 지나고 내가 철이 들어서,
혹은 가만히 있다가 스스로 깨달음을 얻어서 생각을 바꾼
게 아니다. 어느 순간 "어떤 몸이든 그 자체로 아름답다"는
말이 많은 곳에서 자연스럽게 들려오면서 나도 다시 몸에
대해 생각할 수 있게 된 것이다.

마르고 가녀린 몸보다 탄탄한 보디라인이 각광받으며,
헬스장에서 웨이트 트레이닝을 하고 주말이면 산을 찾는 여
성 친구들이 요 몇 년 사이에 부쩍 늘었다. 그새 나이를 조금
더 드신 어머니는 이젠 내 다리를 만지며 "넌 좋겠다. 다리가
이렇게 딴딴해서. 나이 들어 보니 하체 튼실한 게 최고네"라
고 말씀하신다. 언더웨어 브랜드에서는 이제 내게도 편안하
게 맞는 사이즈의 노 와이어 브라를 꽤 많이 판다. 타이트한
레이스 장식을 떼고 편안하게 디자인했다는 점을 마케팅 포
인트로 내세우기도 한다.[2] 나 말고도 이 사이즈를 찾는 사람

들이 많았다는 생각에 다행스럽고도 위안이 된다. 내 몸이 어딘가 비정상적이라거나 수치스럽다는 생각이 완전히 사라지진 않았지만 꽤 많이 줄어들었다. 사람들이 몸에 대해 더 다양한 이야기를 하게 되면서 생긴 변화다.

정반대로 보이는 MZ세대의 보디 프로필 열풍과 보디 포지티브 운동은 결국 '더 다양한 몸'을 공개적으로 이야기하는 과정이다. 스스로를 만족시키고 싶다는 목표를 향하는 다른 방식들이기도 하다. 내가 원하는 몸, 내가 생각하는 건강, 내가 즐거울 수 있는 모습을 구체적으로 생각하고, 거기에 대한 자기 생각을 정립하는 과정 말이다.

탄탄하든 물렁하든, 가늘든 두툼하든 상관없다. 아주 오랜 세월 동안 생략됐거나 금기시돼 온 것들을 적극적으로 수행하면서 모든 몸들은 비로소 자기 효능감을 느낄 수 있게 됐다. 그 멋진 과정에 동참하는 쾌감을 계속해서 더 많은 이가 느낄 수 있었으면 한다.

우리의 소비는
투표니까

✦

10년 전쯤, 공정 무역이라는 것이 크게 유행한 적이 있다. 커피와 초콜릿이 대표적이었다. 공정 무역 카페나 생협 매장에 가면 남미와 아프리카에 몰려 있는 커피와 카카오 생산국 노동자들이 환하게 웃고 있는 사진과 함께 "노동자를 착취하지 않는 착한 커피(초콜릿)" 같은 취지의 문구가 쓰인 광고가 으레 붙어 있었다.

그 시절 유행했던 '윤리적 소비'라든지 '소비자 주권 운동'을 넘어, 지금은 이른바 '가치 소비'나 '미닝아웃(meaning+coming out)' '돈쭐' 같은 신조어들이 귀에 더 많이 들려온다. 2010년대의 공정 무역 열풍이 2020년대의 텀블러 열풍으로 이름과 모양만 바뀌었다고 생각한다면 중요한 걸 놓치고 있는 셈이다. 이건 단순한 MZ세대의 소비 트렌드가 아니라, 돈을 쓰는 목적에 대한 중요한 전환점이기 때문이다.

채식인 A가 비건 식당에 가는 이유

지인 A가 디저트를 먹다 말고 말했다. "난 사실 비건 음식이나 비건 식당에 좋은 리뷰만 있는 게 솔직하지 않다고 생각해." 비건을 지향하는 그는 "하지만 한편으로는 이해가 되어서 딜레마"라고 이어서 털어놨다. 맛이 그저 그런 것을 솔직하게 그저 그렇다고 쓰면, 세간 사람들의 "풀떼기니까 그렇지" "채식은 원래 맛없어"라는 고정 관념에 부응하는 것 같아서 "채식도 맛있거든요!"라고 항변하기 위해서라도 후한 점수를 줄 수밖에 없다는 것이다.

서울 근교인 A네 동네는 비건 식당의 불모지다. 모든 김치에 젓갈이, 모든 빵에 우유와 계란이, 모든 식당 음식에 소고기 다시다와 멸치 육수가 들어가는 세상에서 외식은 모험 수준의 도전이다. 그럼에도 불구하고 이따금 출시되는 비건 제품들과 가뭄에 콩 나듯 존재하는 비건 음식점들은 사막의 오아시스였다. 간혹 새로운 식당이 생기면 '지갑이 허용하는 한' 단골이 되겠다며 쌍수를 들고 환영했다.

맛이 있고 없고는 따질 겨를이 없다. 그런 공급이 존재한다는 것에 감사하며, 그들이 계속해서 살아남고 번성하게 하는 것이 우선이었다. A는 고만고만한 주머니 사정에도 불구하고 일주일에 한두 번씩은 꼭 단골 가게나 새로 생긴 비건 식당을 찾는다.

　일반 식당에서 주문할 때도 동물성 식재료를 빼고 조리할 수 있는지, 번거로움과 민망함을 무릅쓰고 물어 본다. "나 같은 사람이 많아지면 언젠간 채식 메뉴 하나쯤 만들어 주지 않을까?" 바라면서 말이다. 비건 직장인이 잘 먹고 잘 사는 법을 보여 주고 말겠다며 인스타그램에 리뷰도 열정적으로 공유한다.

　그의 이 모든 노력은 단순한 자랑과 과시를 위한 것이 아니다. 존재를 확인하고 싶은 것이다. 자기와 같은 사람들도 구매력을 가진 소비자로서 이렇게 존재한다는 것을, 채식 식당도 망하지 않고 비건 제품도 잘 팔릴 수 있다는 것을 보여 주고 싶은 것이다. 그래야 이 시장도 더 성장하고, 그래야 일반인들의 진입 장벽도 낮아지고, 언젠가는 이 시장도 비주류의 범주에서 벗어나 자연스럽게 받아들여질 것이라 기대하는 것이다.

　놀랍게도 세상은 실제로 빠르게 변했다. A가 처음 채식을 시작한 몇 년 전과 달리, 지금은 대형 마트에도 편의점에도 패스트푸드점에도 비건 제품이 속속 들어차고 있다. 노력하면 달라질 것이라고 막연히 생각은 했지만 생각보다 빠르게 현실화됐다고 그는 눈을 반짝이며 말했다. 수많은 사람의 의식적인 소비로 세상이 바뀐 것을 실감하며, 앞으로는 그 변화가 훨씬 더 빠르게 나아질 것이라고 그는 확신했다. 이게 바로 그가 지갑을 여는 이유다.

소비의 힘을 발휘하는 사람들

MZ세대는 '돈이 영향력'을 아는 세대다. 정확히는, '소비의 영향력을 극대화하는 방법'을 확실히 아는 세대다. 돈으로 혼쭐을 내주겠다는 '돈쭐'이 가장 명확한 사례일 것이다.

2021년 8월, 아프가니스탄은 미국이 20년 만에 철군하면서 나라 전체가 카오스로 전락했다. 한국 정부에 기여한 아프간인들 수백 명이 한국으로 기적의 탈출을 감행했다. 정작 우리나라에선 이들을 받느니 마느니 갑론을박이 벌어졌고, 그 상황에서 충북 진천이 손을 들었다. 코로나 공포 때 중국 우한 교민들을 받아들였던 공무원 연수원에 이번엔 아프간 공여자들을 수용하기로 한 것이다.

사람들의 돈쭐은 여기에서 시작했다. 너무 자랑스럽고 고마운 진천을 돈으로 혼쭐내 주자며 모두가 달려가는 바람에 추석을 앞두고 진천군 농·특산물 쇼핑몰이 미어터져 버린 것이다. 나 역시 진천몰에 들어가 보려 했지만 여러

발 늦는 바람에 접속조차 하지 못하고 돌아 나왔다. 주문량이 다섯 배로 폭주했다던 이 시기를 지나서 나중에 들어가 본 진천몰 리뷰 게시판에는 "어려운 결정을 존경합니다. 언젠간 관심이 사그라들겠지만 지속적으로 이용하겠습니다" "인류애를 조용히 실천하고 계시네요. 역시 충청도 양반들이세요^^" 같은 훈훈한 댓글들이 이어졌다.

어차피 사야 할 선물, 어차피 필요한 쌀을 이왕이면 진천에서 사겠다는 말은 많은 것을 함축한다. 우리는 결국 '소비하는 인간'이다. 세상만사 슬픈 사연에 귀 기울이며 온갖 곳에 기부금을 뿌리고 다닐 여력은 없다. 하지만 적어도 내 경제력 안에서 내 의지를 담아서 소비할 수는 있다. 돈쭐은 무엇을 사는지보다 "왜" 사는지가 더 중요한 순간에 벌어진다. 내 지갑에서 나가는 돈이 기왕이면 더 의미 있는 곳을 향하길 바라는 것이다.

우리가 지갑을 여는 것은 "나 이런 데 돈 쓰는 개념 있는 사람이야!"라고 과시하기 위한 것만은 아니다. 그보다는 매일 실천할 수 있는 범위 내에서 투표를 거듭하기 위해서다. 모든 소비는 투표다. 이것보다 저것을 지지한다고, 내 돈을 통해 투표하는 것이다.

민주주의는 1인 1표제지만, 그런 투표는 1년에 기껏해야 한 번 정도나 할 수 있다. 결과가 마음에 안 들어도 4~5

년은 기다려야 한다. 반면 소비를 통한 투표는 언제든 가능하다. 기부보다 직접적이고 효과도 즉각적이다. 때로는 재미까지 느낄 수 있다. 돈쭐은 그냥 소소한 미담을 만들어 주기 위해서 이뤄지는 것이 아니다. 돈을 쓰는 목적에 스스로 자부심을 느끼고, 그 소비의 효용을 명확하게 누리고 싶다는 마음이 담겨 있다.

적극적인 보이콧

소비하면서 동시에 효능감을 누리고 싶어 하는 마음은 반대 상황에도 심심찮게 벌어진다. 적극적이고 다양하고 디테일한 '보이콧' 말이다. 젊은 소비자들의 마인드에는 "내가 호구인 줄 아나 본데, 미안하지만 아니거든?"이라는 태도가 기본적으로 깔려있다. 앞에선 ESG 경영에 힘쓰는 척하면서, 뒤에서는 비위생과 노동 착취와 혐오를 일삼는 기업들에 속지 않겠다는 것이다. 돈쭐과 반대로, 말 그대로 혼쭐을 내겠다는 의미다.

물류 센터 화재에 엉망진창으로 대응했다가 소비자들의 '탈팡(쿠팡 탈퇴)' 사태를 겪은 쿠팡이나 면접에서 여성 지원자를 차별한 사례가 알려지며 결국 대표가 공식 사과를 했던 동아제약 등 사례는 다채롭다. SPC는 제철 우리 농산물과 식물성 대체 달걀을 활용한 제품을 내놓으며 '착한 브랜드'라는 이미지를 구축하려 애썼다. 하지만 정작 뒤에서는 제빵 기사들을 착취한 사실이 알려지며 불매 운동이라는 역풍을 맞고 말았다.

불매 운동은 과거엔 어쩌다 한 번씩 정치·사회적인 이슈와 결부될 때나 시민 단체들의 주도하에 일어난 행동이었다. 반면 지금은 불매 운동이 거의 일상화되었다. 젊은 소비자들이 자신의 지갑에서 나오는 힘을 깨닫고 훨씬 더 자주, 적극적으로, 자유자재로 사용하기 시작한 것이다. 그 힘은 대체로 SNS에서 나온다.

쿠팡 사태는 트위터에서 불붙었다. #쿠팡탈퇴인증 #쿠팡불매 같은 해시 태그를 단 트윗이 순식간에 17만 건 가까이 불어 났다. 동아제약 논란은 한 면접자의 유튜브 댓글로 시작됐다. 한때 박카스는 젊고 열정적인 청춘을 상징했지만, 동아제약 대체 제품 리스트에서는 비타500이 그 자리를 메웠다.

화섬 노조가 주도했던 SPC 불매 운동에는 아예 청년 단체 60여 곳이 동참했다. 결국 노노갈등으로 번지는 것 아니냐는 우려와 논란도 많았다.[1] 하지만 중요한 것은 청년 노동자의 눈물 젖은 빵을 하하호호 웃으면서 먹을 순 없다며 또래 소비자들이 작정하고 연대하며 지갑을 닫았다는 동기 그 자체다.

이 모든 것이 약 1년 사이에 벌어진 일이다. "어차피 금방 잊고 다시 살 거잖아? 끝장을 볼 게 아니라면 불매 운동은 아무 소용없다"고 주장하는 회의론도 나온다. 하지만 아직은 의욕 넘치는 젊은 소비자들이 많다. 기업 하나를 시범 삼아 죽을 때까지 때려잡자는 것이 아니다. 다만 나쁜 기업들이 계속 나쁜 채로 편히 있다간 돈 벌지 못한다는 것을 명심하라고, 언제든 마음만 먹으면 당신들이 타격을 입을 때까지 우린 충분히 지갑 속 투표를 총알 삼아 당신들을 겨눌 수 있다고 시시때때로 외치는 것이다.

완벽한 윤리적 소비자의 신화는 오래전에 깨졌다.[2] 생태주의나 탄소 발자국 줄이기, 로컬라이징, 공정 무역, 공동체주의 같은 아름다운 가치들에서 한 발짝이라도 벗어나는 순간 이율배반적이고 비윤리적인 소비자라고 비난받았던 예전의 그 소비자 운동 말이다.

대신 우리는 지금, 여기서, 할 수 있는 범위 내에서 소비를 통해 매일의 효능감을 느끼고자 한다. 착한 소비와 나쁜 소비의 이분법에 빠지는 대신, 많든 적든 각자가 가진 돈을 가지고 적극적인 목소리를 내자는 것이다. 우리는 멍청한 ATM이나 호갱이 아닌, "소비로서 세상을 움직일 수 있는 주권자들"이라는 바로 그 마음가짐으로.

"좋~을 때다"라는 말 좀
그만해 주실래요?

✦

　스무 살에 대학에 들어가서 휴학 한번 없이 8학기를 스
트레이트로 졸업하고, 스물셋에 회사에 들어가 스물넷부터
국회에 출입했다. 통통한 볼살에 어리둥절한 표정을 지은
채 거칠고 험난한 여의도에 떨어진 나는 사람들의 관심을
한 몸에 받았다. 2014년엔 그 정도 나이의 기자들이 아직 국
회에 드물었다.

　선배고 (나보다 나이 많은) 동기고 취재원이고, 나만 보면
앵무새처럼 "스물네 살이라니 너무 좋겠다"는 말을 되뇌었
다. 정작 나는 즐거운 날보다 불행한 날이 더 많았다. 매일
눈앞에 펼쳐지는 상황들은 대부분 너무 어렵거나 비상식적
이거나 절망적이기 짝이 없었다. 하지만 30대, 40대, 50대인

그들은 그럼에도 불구하고 "20대라 좋겠다"는 철없는 투정을 매일같이 늘어놓았다. 이어서 자신이 내 나이였을 때 무엇을 했는지, 내 나이로 돌아간다면 무엇을 하고 싶은지 따위의 못다 이룬 욕망을 내게 투영했다.

지겨운 일이었다. 그 지겨움을 매일같이 겪으면서, 내 젊음에 감사한 마음보다는 궁금증이 더 커졌다. 도대체 나이란 무엇일까. 젊음이 그렇게 좋은 거라면, 나이 듦은 그렇게 끔찍한 것일까?

결혼하기 전에, 애 낳기 전에, 아직 젊을 때……

그때 내 나이를 말하면 가장 많이 돌아오는 대답들은 "이야, 내 딸이 스물한 살인데" "그럼 88올림픽도 못 봤겠네?" "2002 월드컵 땐 몇 살이었어?" 같은 것들이었다. 동료 언론인이 아니라 딸이나 조카뻘의 어린 여성으로 취급받으며, 머리에 피도 안 마른 애가 정치 이슈를 서툴게 물어보는 게 귀엽기나 하다는 눈빛을 느껴야 했다.

그들은 습관적으로 나를 사람보다는 '어린 사람'으로 대했다. 의도적으로 날 무시한다거나 낮잡아 보는 것 같진 않았지만 사적인 대화에서 그들이 건네는 언어의 99퍼센트에서는 분명히 나이에 대한 의식이 느껴졌다.

그들은 늘 자신의 욕망을 꺼내 놓았다. 어떤 사람들은

내게 남자친구가 있는지 물어보고선 "젊을 때 연애를 부지런히 해. 남자도 많이 만나고!"라며 훈수했다. 결혼한 사람들은 "결혼하기 전에 온 힘을 다해서 놀아야 해"라고 잔소리했다. 자녀가 있는 사람들은 "애 낳고 나면 못 논다"며 더욱더 급한 목소리로 당장 놀라고 부추겼다. 또 누군가는 "요즘 애들은 휴학도 많이 하던데, 넌 무슨 회사에 이렇게 일찍 들어 왔느냐"고 캐물었다.

저녁에 함께 만취했던 이들은 다음 날 아침 숙취에 전 상태로 만나 서로의 안부를 물을 때도 "넌 젊어서 쌩쌩하네. 진짜 20대라 다르다" "난 이제 나이 들어서 예전 같지 않다"고 고통을 호소했다. 아니, 그냥 내 얼굴만 봐도 "젊어서 피부가 빛이 나네. 어려서 볼살도 통통하고 좋겠다. 나는 자고 나면 팔자주름이 생겨"라고 토로했다.

그 나이 타령이 나는 너무 지겨웠다. 정확히 어떤 부분이 짜증스러운지 콕 짚어 내긴 어려웠다. 다만 그들도 그들 나름의 편안함이 있을 것이고, 내게도 내 나름의 고통이 있다는 점은 언제나 지워지고 뭉개졌다는 점에 피로감을 느꼈다. 하지만 자신의 나이 듦을 아쉬워하는 사람들에게 짜증을 낼 수는 없는 노릇이니, 별수 없었다. 그러려니 하는 수밖에.

"동안이시네요"라는 말이 칭찬이 된 이유

피로감의 원인을 처음으로 명확하게 인지하게 된 건 2017년 초의 어느 날이었다. 당시 구독하던 여성주의 저널 《일다》에서 노년 여성들의 기록 연재 기사를 보고, 마지막 회의 필자에게 다짜고짜 인터뷰[1]를 요청하면서였다. 나이와 나이 듦, 여성주의와 문화를 연구하던 김영옥 대표는 "왜 우리는 '동안이시네요'라는 말을 칭찬으로 여기게 됐을까요?"라는 말부터 던졌다. 너무 당연하게 생각했기에 쉽게 답하기 어려웠던 질문이었다.

젊어야만 아름답고 빛난다는 공식이 성립되는 이곳에서 늙음은 '추함' 이상도 이하도 아닌 것이 됐다. 늙는 것이 무서워진 나머지, 사람들은 그토록 젊음에 목을 매며 서로에게 "동안이시네요" "제 나이처럼 안 보이시네요"를 덕담 삼아 건넨다. 늙은 사람에게도 젊어 보인다고 말하는 것이 예의인 곳에서, 실제의 젊음은 지고지상의 가치를 지닌다.

사람들은 어디에서나 섬세하게 젊음과 늙음을 구별했다. 아무리 100세 시대라고 해도 소용이 없었다. 대학교에서는 고작 3학년, 4학년이면 이미 '화석'으로 전락하고, 30대는 캠퍼스에 범접해서는 안 될 아줌마, 아저씨 취급을 받는다. 피부과에서는 젊을 때부터 보약 먹듯 관리해야 한다며 20대들에게도 각종 시술을 권한다.

Z세대는 밀레니얼 세대를 '아재'라고 선 긋는 한편, 짱짱한 60대들은 자신들에게 '실버 세대' 딱지가 붙을 때마다 "늙은이 취급하지 말라"며 화를 낸다. 때때로 젊은이들은 '노인 혐오'를 자행하지만, 사실 그건 자신 역시 나이 들고 싶지 않다고 진저리 치는 몸부림이기도 하다. 나이 드는 것을 끔찍하게 여기는 사람들이 펼치는 '루즈-루즈lose-lose 게임'이 모든 곳을 장악하며 펼쳐진 슬픈 풍경들이다.

멋지고 귀여운 할머니가 되고 싶은 우리들

다행히도 이런 불안감을 덜어 주는 분들이 있어 마음이 놓인다. "늙고 싶지 않다"는 본능적이고 뻔한 절규보다, "내 나이에 감사하다"는 노년들의 말이 되레 위안이 된다. 망설임도 거침도 쑥스러움도 없이 스스로를 '노배우'라고 지칭하는 배우 윤여정의 말은 그래서 특히 더 와닿는다. 영화 〈미나리〉로 아카데미시상식 여우조연상을 받은 그는 이후 한 인터뷰에서 "나는 늙는 게 싫은 사람인데 내 나이에 감사한 건 처음"이라고 말했다.[2] 이어서 "30·40대에 받았다면 둥둥 떠다녔을 텐데 (나이 들어 상을 받아) 날 변화시키진 않았다"며 특유의 어투로 덧붙였다.

나이 드는 것이 마냥 유쾌할 수만은 없지만, 나름대로 멋과 맛이 있다고 말하는 할아버지, 할머니들을 볼 때마다 귀하게 느껴진다. 그들의 말은 노인 혐오가 만연한 이 사회에서 어떠한 용기로 느껴지기도 했다. '누가 과연 뒷방 늙은 이들의 말을 듣기나 할까?'라고 의심하며 위축된 채 사는 대신, 적극적으로 마음을 열고 목소리를 내는 사람들이 고마웠다.

덕분에 많은 여성이 "귀여운 할머니가 되고 싶다"는 소박한 꿈을 언급하는 것에 대해서도 동질감을 느낀다. 그냥 귀엽고 철없는 소녀처럼 예쁘게 늙고 싶다는 소극적인 꿈이 아니다. 대신 명랑함과 적극성을 간직한 채 나이 먹고 싶다는 바람이다. 매일 카페에 출근해 공부하는 할머니,[3] 스타일리시한 패션 감각을 뽐내는 할머니,[4] 70대에 보디빌딩 대회에 출전한 근육 빵빵 할머니[5]처럼 말이다.

젊음을 보고 단지 "제일 좋을 때"라고 질투하는 사람보다 "나는 그때로 돌아가고 싶지 않다. 삶을 더 많이 알게 된 지금이 좋다"고 말하는 할머니가 더 당당해 보인다.[6] 그들이 보여 주는 길엔 색다른 것이 담겨 있다. 인생은 오직 젊을 때만 빛나고 늙은 뒤에는 모든 빛이 꺼지는 것이 아니라는 것, 나이가 들어도 사람은 계속해서 배우는 한 얼마든지 성장할 수 있다는 것 말이다.

"기자님도 제 이야기를 들을수록 제 얼굴 이목구비나 눈가의 주름살 같은 것이 점점 보이지 않게 되지요?"

김영옥 대표가 인터뷰 마무리 즈음 건넨 이 질문은 죽비 소리처럼 내 머리를 내리쳤다. 정말이었다. 첫눈에는 생물학적인 60세 여성으로만 인식됐던 그가 어느 순간부터는 다만 한 명의 지성인이자 멋진 인생 선배로 보이기 시작했다. 풍부한 스토리, 깊은 생각, 우아한 태도 앞에서 그의 나이는 단점이나 부끄러움이 아니라 오히려 무엇과도 바꿀 수 없는 자산처럼 느껴졌다.

누군가는 말할 것이다. "아무리 그래도 미래의 주인공은 젊은 사람들"이라고. 스포트라이트가 들어오는 세상의 무대는 한 자리뿐이고, 그 자리는 언제나 가장 빛나는 젊은 청춘들이 차지하게 되어 있다는 그 생각은 조금 배타적이다. 10대들은 시간이 지나 화려한 성인이 되기만을 기다리고, 20대는 한편에선 생기를 뽐내면서도 한편으론 곧 물러나야 할 것을 두려워하고, 30대부터는 무대에서 멀어지며 씁쓸한 입맛만 다셔야 하는 세상은 너무나 끔찍하다.

굳이 MZ세대가 지금 시대의 단독 주연일 필요는 없다. 기성세대들도 "어차피 Z세대가 차세대의 주인"이라고 말하지만, 사실 마음속으로는 건강한 신체와 넉넉한 경제력을 다져 나가며 무대 외곽으로 물러나고 싶지 않을 테니까.

나는 자기 생각과 문화를 갖고 있으면서도 마음을 활짝 연 여러 세대가 공존하는 세상을 원한다. 중년의 아이돌 임

영웅과 월드 스타 방탄소년단이 엎치락뒤치락하며 1, 2위를 다투는 인기 음원 차트처럼 말이다.[7] 단지 젊다는 이유 하나뿐인 부러움, 그런 빈곤한 질투는 나도 더는 그다지 받고 싶지 않다.

"—답다"가
지배하지 않는 곳

━━━━━━━━━━━━━━━━━━━━━━━━━━━━ ◆

　난 1998년에 초등학교에 입학했다. 전교생이 2000명이 넘던 시절이다. 한 학년에 8반, 한 반에는 50명 가까운 인원이 있었다. 애들이 늘다 보니, 5학년 즈음엔 아예 각 학년에 9반을 새로 만들어야 했다. 학기 중에 반마다 몇 명씩 빼서 새 반으로 옮겨 놓는 통에, 친구들이랑 헤어지는 게 서럽다고 엉엉 울던 아이들이 희미하게 기억난다.

　그때는 한 반에 별별 아이들이 다 있었다. 날라리와 범생이, 만화 좋아하는 아이와 축구 좋아하는 아이, 정말 크거나 작은 아이, 경미한 다운증후군이 있는 아이, 다른 지역 사투리를 쓰는 아이, 따돌리는 아이와 당하는 아이……. 굳이 노력할 필요 없이 그냥 등교만 해도 별난 인간 군상을 다양하게 마주쳤다. 그 속에서 자신과 비슷한 아이를 찾는 건 누구든 크게 어렵지 않았다.

1000만 명을 한 세대로 묶는 무리수

2018년에 초등학교에 입학한 아이는 다를 것이다. 교실 밀도가 낮아지면, 교사 1인당 담당하는 학생 수가 줄어드니 다들 교육의 질이 높아질 것이라고민 생각했다. 하지만 마냥 좋을 것이라는 짐작은 곳곳에서 어긋났다. 특히나 자신과 같은 성별의 아이가 한 반에 한 자릿수밖에 없는 교실에서, 속을 터놓을 단짝을 찾는 일은 훨씬 어려워졌다.[1]

지금 아이들은 부대끼며 사는 법보다 혼자서 지내는 법을 더 많이 터득한 듯 보인다. 쉬는 시간엔 스마트폰에 빠져들고, 방과 후엔 운동장 대신 학원으로 향한다. 살을 맞대며 함께 노는 친구들보다 화면과 목소리로만 만나는 친구들이 더 많다. 이모와 삼촌은 부모님의 형제자매가 아닌 친구들을 부르는 이름이 되어 버렸다. 나는 부모님의 친구들을 모두 아줌마, 아저씨라고 부르며 자랐는데 말이다. 하기야 형제자매가 없는 엄마 아빠들이 늘어났으니 당연한 현상일지도 모른다.

이런 이야기들은 시작에 불과하다. 모든 MZ세대의 성장 과정은 너무나 다르게 묘사된다. 사실 MZ는 묶을 수 있는 세대가 아니기 때문이다. 연령대가 인접한 사람들은 당연히 어느 정도의 공감대나 비슷한 특성이 있다. 세대는 맥락에 따라 1020으로도, 2030으로도, 3040으로도 구분할 수 있다.

하지만 10대, 20대, 30대를 한 덩어리로 생각하는 순간, 세대론 자체가 깨지게 된다. 19세에서 34세까지의 '법적인 청년'들은 머릿수만 1000만 명이 넘는다. 이보다 더 커다란 인구 집단을 하나의 세대로 묶어 분야별 대표 특성을 하나씩 뽑는다는 건 사실 과도한 일반화다. 세상이 너무도 빠르게 변하는 지금 같은 시기에는 10대, 20대, 30대 안에서도 오히려 차이가 점점 더 선명해지고 있다.[2]

X세대는 1000년에 한 번 오는 세기말과 밀레니엄 초창기에 20대 청춘을 최대한도로 누린, 거침없는 젊은이라는 자신들의 정체성을 자랑스러워했다. 하지만 MZ세대는 X세대의 향수와 환상을 와장창 깨뜨릴 만큼 별 집단 감성이 없다. 같은 연령대도 한마디로 규정할 수 없는 사람들을 더 큰 세대로 묶어 규정하려고 하다 보니 "명품에 열광하면서도 가성비에 집착한다" 같은 모순된 수식어들이 쏟아져 나온다.

그러다 보니 때로는 MZ가 마케팅 용어 그 이상도 이하도 아니라고 느껴진다. 1020들이 열광하는 것이 분명 조만간 돈이 될 텐데 이 친구들은 아직 주머니가 넉넉지 않으니, 대신 2030에게 "요즘 애들은 다 이거 한다던데, 너도 알지? 너도 아직 유행에 민감한 젊은 세대잖아"라고 속삭이며 지갑을 열게 하는 식 말이다.

2020년의 젊은이들이라고 다 똑같은 취향을 추구하는 것도 아니다. 1990년대의 강력했던 사이버펑크 유행은 그 시절 X세대를 구석구석 골고루 지배했지만, 지금은 그때와 많이도 멀어졌다. "오 왜 그럴까, 조금 촌스러운 걸 좋아해"[3] 라는 아이유의 노랫말처럼 20대 안에도 할머니, 할아버지와 더 잘 통하는 사람이 있는가 하면, 반대로 유행의 첨단만을 좇는 스타일이 있다. 10대인 딸과 노는 게 40대 또래들과 수다 떠는 것보다 즐거운 엄마가 있는가 하면, 동년배 친구들과 모여야 비로소 긴장감을 풀고 마음껏 웃음을 터뜨릴 수 있는 엄마도 존재한다.

사실 가능하면 세대론 자체를 좀 덜 꺼내 들었으면 하는 바람이 있다. 어느 시대에나 각 세대의 유행이 있다. '2020년의 젊은이들이 추구하는 최신 트렌드'를 그냥 '2020년의 유행'이라고만 압축해 버리는 것은 맥락을 잃어버린 말이다. 2020년대 10대의 유행이 있듯, 2020년대 30대의 유행도, 50대와 70대의 유행도 각각 존재하니까.

"__답다"라는 말 대신

세대론은 분명 때때로 유용한 도구다. 하지만 한국 사회에서 세대론이 매번 이렇게까지 붐인 이유는 그냥 이 사회를 지배하는 것이 '나이'이기 때문에, "__답다"라는 표현이 너무나 공고한 사회여서 그런 것이 아닐까 생각하게 된다.

20대가 막걸리를 좋아하면 "이야, 젊은 사람답지 않게 막걸리를 좋아하네"라고 말하고, 요새 뜨는 동네의 핫한 음식점에 다녀왔다고 말하면 비로소 "역시 요즘 애들은 노는 곳도 달라"하며 끄덕이는 것 말이다. 머리가 희끗희끗하신 분들이 후줄근한 등산 바지를 입고 다니면 "나이 든 사람들이 다 그렇지 뭐"라고 말하는 반면, 깔끔한 정장과 적절한 액세서리를 갖춰 입으면 눈을 동그랗게 뜨고 "이야, 어르신답지 않게 옷을 잘 입으시네요"라고 칭찬하는 그런 사회 말이다.

만일 우리의 언어와 생각에서 '답게'를 조금만 덜어 내본다면 어떨까. 한 명의 개인을 어떤 '나이'의 사람이나 어떤 '세대'의 일원으로 규정하고 짐작하기보다 '그냥 한 사람'으로 보는 것부터 시작하는 것이다. MZ 세대에게 "MZ라서 역시……"라고 말을 시작하기보다는, "20대 젊은이"라고 부르기보다는, ○○○이라는 한 명의 사람으로, 그냥 그렇게 봐주면 안 될까?

한 사람을 '마음대로 추측'하고 '빠르게 이해했다'고 생각했다면, 당신은 오히려 그만큼 그 사람과 더 멀어진 것일지도 모른다. 당신 앞에 있는 한 명의 MZ는 아마 당신이 알고 있는 누군가와 비슷할 수도 있지만, 동시에 그 누구와도 다른 사람일 것이다. '요즘 젊은 애들은 그렇다'는 색안경과 '요즘 젊은 애들답기'를 기대하는 마음을 내려놓고 차츰차츰 알아 가 주었으면 좋겠다. 무언기를 좋아하고 무언가를 생각하고 무언가에 열정을 가진, 한 명의 특별하고 젊은 사람의 세계를.

'MZ세대' 용어 오남용을 막기 위한 가이드라인

'나눠야 더 잘 이해할 수 있어서' 나눈 세대가 아니라 '묶으면 부르기 편하니까' 묶어 버린 세대 MZ는 그래서 자신들에게 붙은 이름에 시큰둥하다. 애초에 우리가 품은 이야기와 그 이유, 속내에 귀를 기울이고 싶었다면 그렇게 부르지도 않았을 테니까.

너무 손쉽게 규정되어 버린 MZ의 일원으로서, 'MZ세대'라는 용어의 오남용을 막기 위한 실천 방안들을 나름대로 고민해 봤다. 다음과 같은 방법은 어떨까?

✦

굳이 세대론을 말하고 싶다면 최소한 밀레니얼과 Z세대는 나눠 보자. MZ를 규정해 온 수많은 수식어 대부분이 M 아니면 Z에게만 해당되는 내용들이었다. 고민해 봤는데도 정말 10·20·30 모두에게 해당되는 것 같다면, 혹시 그게 40대나 50대에게도 해당되는 일반론이 아닌지 찬찬히 생각해 볼 필요가 있다.

◆

유행에 대한 글을 쓸 때는 적어도 어떤 현상이, 누구에게, 왜 유행하는지를 구체적으로 고민해 보자. 단지 '요즘 유행'에서 '요즘'을 'MZ세대'로 바꿔 버리는 것이 관성이 되어 버리기 전에.
예컨대 포켓몬빵의 재유행을 습관적으로 "MZ세대 내에서 포켓몬빵 돌풍"이라고 쓰기 전에, 포켓몬 띠부띠부씰이 애니메이션 〈포켓몬스터〉를 모르는 Z세대에게 인기를 얻은 이유를 생각해 보는 것이다.

◆

주변의 어려 보이는 사람에게 될 수 있으면 "너 MZ세대지?"라는 질문으로 말문을 열지 말자. 두 가지 부작용을 불러일으킬 수 있다. 질문한 본인이 늙다리 취급을 사서 받을 가능성이 첫째, 이어지는 질문에 "글쎄 저는 그런 거 잘 모르겠는데요"라는 애매한 답변만 돌아올 가능성이 둘째다. 그냥 원래 '진심으로' 묻고 싶었던 본론을 '구체적으로' 물어보자.

우리 각자의 이야기

'나름의 답'을 찾아가는, 나는 경험주의자

윤만길 | 2001년생

2022년 7월 1일, 서울 광화문의 한 중국음식점에서 윤만길 씨를 만났다. 그는 한양대 3학년 1학기를 마치고 입대를 정확히 사흘 앞두고 있었다. 전날 친구들을 만났을 때 밀었다며 그는 '반삭' 머리를 하고 왔다.

아무리 일하고 공부해도 미래가 안 보여요

🔎 **인생에서 가장 중요한 게 뭐라고 생각해요?**

"저는 젊긴 하지만, '안정성'이 정말 중요해요. 지금 50~60대분들께서 젊을 때는 그래도 10년, 20년 정도 일하면 집을 살 수 있었잖아요. 지금은 세게 가정해서 월 300만 원씩 20년을 모아도 작은 신축 아파트 하나 사기 힘들어요. 그래서 계속 불안한 게 있는 것 같아요. 아무리 일을 하고 아무리 공부를 해도 안 보여요, 미래가."

◖◗ 어떤 일을 했었나요?

"적진 않죠. 자동차 공장 생산직, 건설 현장 노가다, 블로그 마케팅하는 중소기업 사무직, 초밥집 아르바이트, 입시 학원 컨설턴트…… 병원에서 임상 실험 아르바이트도 했었어요. 병원에 일주일 입원해서 혈압, 혈당 수치 재면서 가만히 누워서 버티면 150만 원을 벌었어요."

◖◗ 고등학교 때부터였겠네요. 왜 그렇게 열심히 돈을 벌었어요?

"저희 집이 그렇게 가난하진 않았지만 어렸을 땐 반지하 집에서 살았어요. 성장 과정에 돈이라는 게 많지 않았죠. 친구들이 1~2만 원짜리 사 먹을 때 전 아껴서 5000원짜리 먹고, 그런 결핍이 늘 있었어요. 고3 때는 어차피 학종(학생부종합전형)을 준비해서 2학기 내신은 별로 중요하지 않았어요. 그래서 그때부터 일을 시작했어요."

◑◑ 일하면서 느낀 점들이 있다면요?

"노비가 되더라도 대감집 노비가 돼야 한다는 거요. 첫 직장에서부터 느꼈어요. 처음이라 열정이 넘쳐서 해야 하는 일의 150퍼센트를 했어요. 그런데 사장은 제가 젊으니까 당연하다고 생각했나 봐요. 저도 어느 순간 부터는 100퍼센트만큼 일했는데, 할 만큼 해도 오히려 질책하니 열 받더라고요. 몇 달 다녔던 중소기업은 최 저임금을 주면서 근무시간 내내 감시하면서 일을 시 켰죠. 제가 나간다고 하니까 이사님이 그제야 밥을 사 겠다고 불러내서는 '나는 너를 오래 봤으면 좋겠다'면 서 시급을 9000원까지 올려 주겠다고 회유했어요. 그 때 시급이 8750원이었는데, 밥 한 끼와 250원으로 때 우려고 한 거예요. 그때 세상을 실감했어요. 진짜 올라 가야겠다고."

◑◑ 일하지 않는 시간에 주로 뭘 하면서 보내요?

"제가 원래 중학생 때부터 차를 좋아했어요. 올해에는 자동차 정비 자격증도 땄고, 레이싱도 좋아해서 아마 추어 서킷 라이선스도 있어요. 사실 돈을 그렇게 열심 히 번 것도 차 유지비 때문이기도 해요. 일종의 카푸어 였죠. 세 번째 차까지 있었거든요."

버는 돈이 차에 다 들어갔겠는데요?

"처음엔 괜찮았어요. 경차인데다 전기차라 지원금이 많아서 한 달 유지비가 30만 원 정도였어요. 부모님의 도움을 받아서 자취방을 전세로 마련하니 월세에 들어가는 돈이 없어서 제가 좋아하는 것에 돈을 쓴 거죠. 근데 급을 계속 높이다 보니까 감당이 안 되더라고요. 월 소득이 50~70만 원 정도인데 기름값만 40만 원이었으니까요. 어느 순간 '지금 내 수준에서는 안 되겠다'는 현타가 세게 와서 결국 처분했어요."

다른 것보다 차에 플렉스 했었던 거군요.

"사실 가심비나 플렉스 문화에 대해선 할 말이 좀 있어요. 이것저것 미래 생각 안 하고 사고 싶은 거 사는 소비문화라는 설명은 너무 단순해요. 사실 자동차도 용기만 있다면 유예 리스하거나 풀 할부 120개월 때리면 살 수 있고, 명품 가방도 마찬가지잖아요. 근데 그래 봤자 차랑 가방이지, 집은 플렉스 못 해요. 보상심리로 그나마 남들에게 과시할 수 있는 걸 사는 게 플렉스 심리 같아요. 근데 웃긴 게, 젊은 외제 차 오너들은 거의 구형 외제 차를 중고로 사요. 그래 놓고 동호회에서 자기는 독일 3대 명차를 탄다고 은근히 국산 차 오너들 디스하는 모습이란……. 그나마 하는 플렉스도 가성비라는 점이 더 슬프네요."

저희는 비대면 사회의 역설을 겪고 있어요

◖◗ 대학교에 들어오기 전엔 어디에 살았나요?

"초중고를 다 천안에서 나왔어요. 나름 괜찮은 동네에 산다고 자부해서 그땐 '여기가 최고'라고 생각했어요. 막상 서울 올라와서 살다가 다시 고향에 내려가 보니 너무 열악하더라고요. 학교 안에 있을 때는 교과서가 전부인 줄 알고, 선생님들 말씀이 신의 말씀이라 생각하고 살았어요. 그런데 사회 경험을 해 보니까 그것만이 정답이 아닌 거예요. 그래서 제가 경험주의자가 된 것 같아요. 세상에 너무 많은 정답이 있어서요."

◖◗ 직업도 여러 가지를 가져 보고 싶나요?

"저희한테 '평생직장'이라는 개념이 아예 없어요. 지금 하는 일은 내 커리어를 위한 발판 정도로 생각하게 되는 것 같아요. 부장님들이 '요즘 MZ들은 왜 다 이래?'라고 호통치는 것도 이해는 가요. 물론 우리 입장에서는 돈을 더 줄 것도 아니고, 날 평생 책임져 줄 것도 아니면서 그러는 게 불합리하게 느껴지지만요."

◐◑ '평생직장'이 있었던 과거가 부러워요?

"어떻게 보면 좀 아쉽긴 하죠. 지금은 제가 어딘가에 헌신해도 나중에 보답받는다는 보장이 없으니까요. 저도 전에 ROTC(학생 군사 교육단) 지원을 생각했을 정도로 국가나 어떤 커다란 가치에 봉사하는 것을 중요하게 생각했거든요."

◐◑ 지금은 직업을 고르는 기준이 뭔가요?

"다들 연봉을 1위로 꼽는 것에 공감해요. 어디서 들은 건데요, 프랑스에서는 중산층의 기준이 악기 하나 다룰 줄 알고 외국어 하나 구사할 줄 아는 사람이래요. 미국에서는 다른 사람을 도울 수 있는 사람이라고 정의하고요. 그런데 우리나라에선 월급이 500만 원 넘고 자가 승용차 정도는 있는 사람을 뜻하잖아요. 저도 그런 사회적 기준이 마음에 안 들지만, 제가 거부한다고 바뀌는 건 아니니까 따라가는 거죠."

◐◑ 학교에서 교수님들이 학생들 보고 현실에 순응하지 말고 저항하라고 하지 않나요?

"제가 철학과인데요, 개인적으로 20대 때 마르크스를 공부하는 건 좋다고 생각해요. 하지만 30대 때까지 그걸 공부만 하는 건 가슴은 뜨거울지 몰라도 이성이 부

족한 사람이라고 생각해요. 실제로 사회를 경험해 보
고 자본주의에 던져짐 당해 본 뒤에 적자생존이 뭔지
깨달아야죠. 우리가 세상을 바꾸는 것보다 내가 세상
에 순응하는 게 어쩌면 훨씬 더 성공에 가까운 방법일
지도 몰라요."

◖◗ 정치에도 관심이 있어요?

"요새 정치 성향을 얘기하는 것 자체가 좀 무서워요.
예전엔 정치인들끼리도 타협하고 공감하고 소통했다
면서요. 지금은 진짜 서로 죽이려고 하는 것 같아요.
정치 자체가 팬덤화되고, 정치를 바라보는 사람들도
양극화되는 게 보여요. 이준석도 성별 갈등이 중요한
문제가 되는 상황이다 보니 우리를 대변하면서 뜬 거
잖아요."

◖◗ 현실에서 이대남과 이대녀들끼리 갈등은 없었나요?

"지금은 사람들이 굳이 만날 필요 없이 얘기할 수 있잖
아요. 그게 역설적으로 정제되지 않은 생각을 얘기하
는 창구가 된 거라고 생각해요. 실제로 극단적인 생각
을 하는 사람은 남자든 여자든 요만큼씩이고, 정상적
인 사람이 더 많아요. 근데 온라인에서 보기엔 이상한
사람들의 얘기가 너무 증폭되어서, 그들이 만들어 내

는 담론의 크기가 훨씬 커요. 정치권에서도 분열이나 갈등을 조장하는 것 같아요."

◖◗ 실제로 대화하면 그렇게 생각의 차이가 크지 않나 봐요.

"제 생각엔 남자들도 여자들이 느끼는 성범죄에 대한 공포감을 이해하고, 여자들은 남자들 군대 가서 힘든 거 이해해요. 근데 온라인에서는 너무 싸우니까 무서울 정도예요. 물론 사람이라면 감정적일 수밖에 없죠. 저희 과 선배들끼리도 군대나 낙태를 주제로 토론하다가 거의 싸움 나다시피 불이 붙은 적이 있어요. 하지만 늘 그렇진 않아요. 생각했던 것 이상으로 잘 진행될 때도 많아요."

◖◗ 서로 만나면 좀 나아졌을 텐데, 그러질 못했군요.

"사람을 만나서 대화하면 제스처를 읽을 수 있잖아요. 상대가 인간이라는 걸 인지하고 얘기를 하게 되고요. 그런데 온라인에서는 상대가 얼굴을 가진 한 인간이 아니라 '익명 1'로만 존재해요. 내가 어떤 심한 말을 하든 크게 죄책감이 안 드는 거죠. 실제 앞에서는 절대 못 할 말을 더 쉽게 할 수 있게 되니 극단화가 커진 것 같아요. 결국 몸이나 마음 모두 빈곤해서 그렇겠죠. 인생이 고되고 힘드니 맥주 한 캔 따고 라면 하나 끓여서 컴퓨터 앞에 앉아 화풀이하는 것 아닐까요. 저희는 비대면 사회의 역설을 겪는 것 같아요. 직장 들어가고 결혼하기 전에 어릴 때 많이 만났어야 하는데, 저희는 그러질 못한 거죠."

MZ는 어르신들이 붙인 라벨에 불과해요

◑◐   MZ 세대론을 어떻게 생각해요?

"일단 너무 넓어요. 어르신들께서 라벨링을 되게 좋아하는 것 같아요. X세대, Y세대랑 비슷하게 요즘 애들을 대충 묶어서 MZ세대라는 라벨을 붙여 놓은 것 같아요. 저만 해도 동아리에 있는 누나 한 명이 MZ 앞쪽이고 저는 뒤쪽인데, 둘이 되게 달라요. 그 누나는 아날로그와 디지털을 모두 경험한 세대지만, 저는 진짜 디지털 세대거든요. 제 첫 폰이 아이폰7이었다고 말하면 어른들은 그것만으로도 놀라요. 근데 저도 제 이후 세대 아이들이랑 세대 차이가 진짜 많이 나는 걸 느껴요. 요즘 애들은 갤럭시 Z플립을 쓰고, 학교에서 틱톡을 찍어요. 태어날 때부터 스마트폰을 잡고 태어난 세대죠."

윗세대들의 생각에 답답함을 느낀 순간은 언제인가요?

"그분들은 MZ세대는 활기차고, 통통 튄다고 생각하는 것 같아요. 젊은 사람들은 당연히 가슴 절절한 연애도 하고, 유행하는 것도 다 알고, 이것저것 계속 도전해 볼 것이라고요. 그런 생각이 사실 되게 나이브naive하다고 생각해요. 저라도 제 미래가 정해져 있다면 그럴 거예요. 한양대 들어가면 대기업에 들어가고, 집도 차도 사고 결혼도 하고, 이런 것 저런 것 다 해 보며 행복하게 살다가 죽을 수 있답니다, 하고 결론이 나 있으면요. 근데 지금은 제가 공부를 아무리 열심히 해도 그런 답이 안 나오잖아요."

억울하진 않나요?

"하지만 언제 기회가 올지 모르니까 계속 준비해야죠. 근데 저희 교수님만 해도 학생들에게 '너넨 왜 이렇게 출석을 잘하냐?' 하더라고요. 20년 전만 해도 너희 선배들은 그냥 출튀해서 한강에서 놀았다면서요. 그런 이야기 듣고 있으니 살짝 열받더라고요. 나는 학점 0.01이라도 올려 보려고 발악하는데, 아무리 노력해도 안 되는 것 같다는 생각이 들어요. 이준석이 저희 같은 사람들을 대변해 주지 않을까 생각하게 된 것도, 그가 주장하는 능력주의 때문이라고 생각해요."

◖◗ 나이 말고 사람들을 구분하기에 적당한 기준은 무엇이
있을까요?

"남녀나 좌우보다는 다른 사람들의 입장을 공감하지
못하고 급진적이기만 한 사람들과 온건한 사람들로
나누는 게 더 맞는 것 같아요. 온건한 사람들은 정치적
으로 보수적이라도, 오히려 온라인 속 사람들보다 더
진보적으로 서로를 이해하는 느낌이에요. 커뮤니티에
는 비혼이나 국제결혼이 답이라고 말하는 남혐/여혐
유저들이 많잖아요. 근데 실제로 여자인 친구들은 결
혼을 그렇게 나쁘게만 생각하지 않아서 오히려 충격
받았던 적도 있어요. 반대로 '디씨(디시인사이드)' 같은
곳에서 '이대남'을 대변한다는 사람들이 '설거지론'이나
'알파메일론' 같은 걸 내세우는 걸 보면 동질감보다 이
질감이 더 많이 들어요."

싸이의 \<That That\>보다 스윙재즈가 내 취향

◖◗ 요새 관심사는 무엇인가요?

"재즈 바나 미술관 다니는 걸 좋아해요. 곡 취향도 싸
이의 〈That That〉보단 마일스 데이비스의 〈Blue in
Green〉에 더 본능적으로 끌리는 편이에요. 모든 MZ

세대가 힙하기만 한 건 아니니깐요. 스윙재즈의 펑키한 리듬을 들으면 마음이 위로받는 것 같아요. 물론 이것도 힙스터적인 기질이라고 하면 할 말은 없긴 해요. 어쨌든 저한테 지적 호기심과 허영심이 있다는 건 인정하고, 그걸 동시에 채워 주는 음악이라 좋아해요. 생계랑은 별 관련 없는 것들이죠. 그 시간에 주식 재무제표 보는 걸 공부하는 게 더 큰 돈을 벌 수 있게 해 주겠죠. 하지만 삶이 그렇게 이성적인 것들만으로 이루어지진 않잖아요."

◖◗ 요새 유행인 것들에 대해선 어떻게 보나요?

"예전엔 주변 사람들한테만 자랑할 수 있었지만 이젠 훨씬 쉽게 소통할 수 있게 되면서 다들 유행이 민감해진 것 같아요. 이번 한양대 축제가 정말 오랜만에 열렸는데, 다들 가수를 눈으로 보는 대신 영상을 찍고 있더라고요. 성수동 놀러 갔을 때도 디올이나 피치스 같은 명소에서 도넛 하나 사 들고 나와서 주야장천 사진만 찍고 있는 거 보면 이게 맞는지 잘 모르겠다는 생각도 들긴 해요."

◖◗ 혹시 유행을 거부하는 편인가요?

"거를 것은 거르고 최소한으로 필요한 것들만 따르

는 편이에요. 예를 들어 아이브가 잘나간다고 〈LOVE DIVE〉를 한 시간 반복 재생할 필요는 없지만, 친구들과 공감대 형성을 하려면 노래방에 가서 부를 수 있을 정도로 알면 좋겠죠."

인터뷰 다음 날, 그는 "하고 싶은 말이 많았는데 다 못한 것 같다"며 장문의 카톡을 보내왔다. 2030들이 지금 겪는 고민에 대한 해결책으로 그는 "최소한의 인간다운 생활에 필요한 비용을 내리거나, 2030의 소득을 올려야 한다"며 국토 균형 발전 정책이 필요하다고 똑똑히 강조했다.

고민도 생각도 취향도 깊고 많았던 만길 씨가 군대라는 새로운 환경에서 펼쳐지는 또 다른 삶에서도 의미를 찾으며 건강하게 군 생활을 하길 바라본다.

어차피 밑져야 본전!
일단 하고 봐야지

김채현 | 1998년생, 기한이 | 1999년생

2022년 7월 8일, 서울 용산 아모레퍼시픽 건물 지하에 있는 한 음식점에서 김채현 씨와 기한이 씨를 만났다. 홍익대 미대 목조형가구학과를 나와 각각 가구 업체와 가전제품 업체에서 일하기 시작한 두 친구는 "말하는 게 너무 좋다"며 3시간 동안 가감 없는 토크를 선보였다. 먼저 도착한 채현 씨는 짧은 기장의 검은 크롭티 차림으로 나타났다.

재밌겠다 싶으면 추천해요. 부담요? 없어요

◖◗　요즘 삶의 즐거움과 관심사는 무엇인가요?

　　　채현 "영화를 일주일에 서너 편 정도 봐요. 극장도 많이
　　가는데, 특히 아이맥스관이나 4DX 같은 특별관을 파
　　요. 옛날에는 조조로 보면 6000원이었는데, 요샌 작은
　　영화관도 평일에 15000원이고 주말에는 할증까지 붙
　　어요. 그러느니 5000원쯤 더 주고 '용아맥(CGV 용산 아
　　이맥스)' 가는 게 낫더라고요. 새로 만들어진 데다 몰입
　　도도 훨씬 좋아요. 그밖에는 서핑이나 스키도 좋아하
　　고, 얕고 넓게 이것저것 다 해 보는 편이에요."

　　채현 씨는 "오늘은 조금 일찍 퇴근한 김에, CGV에 들
러서 예전에 놓쳤던 스탬프를 찍고 왔다"며 꽉 찬 '아이맥스
영화 스탬프 북'을 보여 줬다.

◖◗　와, 이게 다 올해 본 영화라고요? 진짜 많네요.

　　　채현 "예쁘게는 못 찍었어요. 옛날에는 영화 다 보면 '와
　　재밌다' 하고 끝났는데, 요샌 영화 보고 나면 스탬프도
　　찍어서 기록을 남기고, 인스타그램에도 많이 올려요.
　　간단하게 별점이나 한두 마디만 써서 스토리로 올리
　　면 친구들한테서 '와 나도 보려고 했는데 어때?'라든지

'나도 봤는데 좋았어' 하는 식으로 DM이 오거든요. 제가 좋았던 경험을 공유했을 때 누군가가 '나도 해 볼래'라고 한다거나 실제로 해 보고 와서 '진짜 좋았어'라고 이야기해 주면 진짜 뿌듯하죠."

◖◗ 추천해 주는 걸 좋아하시는군요.

채현 "얼마 전에 옆 팀 대리님도 말씀하시더라고요. 요즘 애들은 어떻게 그렇게 추천하는 걸 안 부담스러워하는지 모르겠대요. 그분 지인이 복숭아 농장 아들인데, 올해 복숭아 예약 주문을 받는다고, 작년에도 맛있게 드셨다고 하셨거든요. 추천하시길래 저도 이모네 드릴 것까지 주문하고, 인스타에도 너무 기대된다고 올렸어요. 그거 보고 지인들이 '이 복숭아 뭔지는 모르겠는데 일단 나도 시켜볼래' 하면서 많이 시켰고, 예전에 울릉도에 놀러갔을 때 친해진 가게 사장님도 연락이 와서 제가 추천해 드렸어요. 제가 먹어 본 것도 아닌데 사방팔방에 추천하는 걸 보고 대리님이 놀라셨나 봐요."

온종일 동선이 꼬여 고생한 한이 씨가 이때쯤 도착했다. 멀리서도 한눈에 띄는 중간 기장의 탈색 머리를 하고 있었다. 지난주까지만 해도 학업과 회사 일을 병행하느라 주 3일만 회사로 출근했다는 그는 채현 씨가 "복숭아 이야기하고 있었어"라고 하니 곧바로 "아 그거!" 하면서 알아챘다.

🐾 **맛이 없을 수도 있는데, 부담스럽지 않나요?**

> 채현 "그 대리님도 자기는 진짜 좋은 거 아니면 별로 추천을 못 하겠다면서 저를 신기해하셨어요. 근데 저희는 그냥 추천하는 거 자체를 좋아해요. 뭐 있으면 서로 '너도 이거 해 봐' 하는 거죠."

> 한이 "맞아요. 저번엔 누가 미국에서 상금 걸고 현실판 오징어 게임을 한다고 링크를 보내줬는데, 그때도 사방에 보내면서 '언니도 해 봐' 하는 식이었죠. 어차피 미국이니 갈 수도 없지만 그냥 재미있어 보이는 걸 공유하는 것 자체가 재밌잖아요."

MBTI 하나면 자기소개 끝나죠

🐾 **자신을 소개할 만한 키워드가 있나요?**

> 한이 "MBTI밖에 모르겠어요. 그걸로 다 정리되는 것 같아요. 한마디로 소개가 끝나고."

> 채현 "MBTI가 진짜 맞긴 해요. '주의자'라든가 '마니아' 같은 말은 잘 안 쓰게 돼요. 대신 누가 자기 MBTI를

소개하면 저 사람이 어떤 사람인지 약간 예측할 수 있고, 그게 얼추 맞기도 해요. 근데 테스트할 때 약간 내가 원하는 나의 모습을 찍는 것 같기도 해요. 예를 들면 '나는 정리 정돈을 잘하는 편인가' 같은 거 있잖아요. 100퍼센트 솔직하게 답하기가 어려운 거죠."

①① MZ세대라는 단어에 대해서 어떻게 생각하나요?

한이 "회사 회장님한테 오늘 MZ세대 관련 인터뷰 하러 간다고 말하니까 그분이 '한이 씨는 MZ 색깔이 확고하잖아요'라고 하시더라고요. 전 사실 제가 MZ세대에 들어 맞지는 않는다고 생각했는데, 미리 보내 주신 질문지 보니까 저 맞는 것 같긴 해요."

채현 "너 머리도 MZ잖아(웃음). 저희 회사는 부장님이 70년대생이신데, 조금만 더 하면 자기도 MZ세대라는 식으로 이야기하세요. 그럼 저희는 그냥 하하하 웃고 넘겨요."

①① MZ세대라는 분류에 거부감이 드는 건가요?

한이 "MZ세대라는 단어의 이미지가 좀 부정적인 것 같아요. MZ세대는 자기들밖에 모르고 일하는 것에는 관심 없는 사람들로 규정했다든지. 저는 일을 나름대로 열심히 하는데 말이죠."

채현 "전 약간 반대에요. 오히려 모두가 지켜봐 주는 것 같은 느낌이라고 할까요? 제 이야기가 업무랑 직접 연관이 없어도 'MZ 의견'이라면서 조금 더 신경 써 주는 분위기가 있거든요."

한이 "그런 점에서 저는 MZ를 오히려 필요할 때 조금 악용한 것 같아요. 하고 싶은 말이 있으면 '저 MZ인데요? 누가 봐도 MZ라면서요?' 하는 식으로 다 말해 버리는 거죠."

◐◑ 다른 세대들과 세대 차이를 느낄 때는 언제인가요?

채현 "그냥 어린 나이의 특성인지는 모르겠지만, 어릴수록 외향적인 것 같아요. 특히 사람 모으는 걸 되게 좋아하는 것 같아요. 별로 안 친해도 일단 모아요. 코로나가 풀려서 한 푸는 건지도 모르겠지만요. 사촌 동생이 코로나 학번이라 사실상 올해 학교를 처음 갔거든요? 매일 줌 수업만 하다가 대성리로 MT도 가고 너무 재밌대요."

한이 "저희도 2021학번들 걱정 많이 했거든요. 근데 오히려 이렇게 만나게 되면서 더 응집된 것 같아요. 코로나 얘기로 동병상련하고, 서로 아는 친구나 선배들 소개도 많이 해 주고요."

채현 "저번에 회사에서 어떤 분이 프레젠테이션할 때

MZ세대의 특성이 개인주의라고 하시더라고요. 어떨 때는 분명 개인주의적인 것 같기도 한데, 어찌 보면 또 아닌 것 같기도 해요."

●● 코로나 학번들과 몇 살 차이 안 나지 않나요?

한이 "근데도 달라요. 저희는 인스타 릴스랑 틱톡 영상을 온종일 볼 수는 있지만, 저희가 직접 찍진 않거든요. 근데 걔네들은 그걸 학교에서 찍어요."

채현 "저희는 과정은 일단 숨겨 놓고, 결과가 잘 나오면 공유를 해요. 예를 들면 인턴 하는 동안은 약간 인턴을 한다는 듯한 뉘앙스 정도만 풍기다가, 취직이 결정되면 그제야 '감사합니다. 열심히 다니겠습니다' 하는 식으로 올려요. 근데 걔네는 인턴 되면 바로 '저 여기 인턴 됐음. 우리 동네 오면 저랑 밥 먹어요' 하고 올리는 거죠. 자기가 망한 것도 올리고, 한참 하고 있는 것도 올리고, 그냥 다 올려요."

맛집 탐방-청년 절망 적금 때문에 실수령액 40만 원

●● 요새 다들 한다는 코인 투자도 해 본 적 있어요?

한이 "저희 회사는 거의 다 하는 것 같아요. 네 명이서 같이 점심 먹고 있는데 두세 명이 코인만 보고 있으면 나머지 한 명도 하게 되는 것 같아요."

채현 "제 주변에는 30대들이나 돈 많은 20대들만 좀 하는 것 같아요. 안 그래도 조그마한 월급이 더 줄어들어 버릴 수도 있잖아요. 전 친한 친구들하고 50만 원어치 산 주식이 있긴 해요. 오빠 한 명이 엄청나게 추천하면서도 '근데 이건 장투(장기투자)해야 하는 종목이다. 우리의 우정을 확인하기 위해 10년간 절대 팔지 말자'라고 해서 세 명이서 샀거든요. 처음엔 잘 됐는데, 지금은 한 종목은 -75퍼센트, 하나는 -65퍼센트라 상폐(상장폐지)될까 걱정해야 할 수준이에요."

👀 **다른 식으로 나름대로 재테크를 하고 있나요?**

한이 "저희가 청년 절망 적금이라고 부르는 게 있어요. 원래는 청년 희망 적금인데요(웃음)."

채현 "저희끼리 말할 때 월급 실수령액이 40만 원이라고 농담하거든요. 카드값 나가고 절망 적금 50만 원 나가고 나면 잔액이 40만 원밖에 안 돼서요. 근데 '안 하면 바보'인 적금에 10만 원밖에 안 넣으면 지는 느낌이잖아요."

한이 "저는 18 적금 새로 하려고요. 회사에서 상사가 너무 화나게 하거나 뭔가 짜증 나는 일이 생기면 18 단위로 돈을 넣는 거예요. 1818원씩, 아니면 진짜 화나면 4444원 이런 식으로요."

평소 소비가 많은 편이라고 생각하나요?

한이 "받는 월급에 비해서 쓰는 게 많긴 해요. 밥도 진짜 잘 사 먹고. 하지만 어린 나이에 일하기 시작한 나를 위한 보상이라고 합리화하는 거죠."

채현 "요새는 둘이서 간단하게 저녁 먹어도 3~4만 원씩 나오잖아요. 새로운 곳, 요즘 핫한 곳 이런데 자꾸 찾아 다니다 보면 한번에 5만 원은 그냥 넘죠. 그러다 보니 카드명세서 보면 결제 총액이 믿을 수 없게 많이 나오는데, 계산기 두들겨 보면 다 맞더라고요."

유행을 놓치면 소외감 느껴요

유행을 잘 따라가는 편인가요?

한이 "저희는 유행하는 거 다 해 봐야 해요. 안 하면 약간 소외감 느껴요."

채현 "최근에 제일 핫했던 건 MBTI 소개팅 앱인 것 같은데 진짜 웃겨요. 16가지 유형별 가상 인물이랑 카톡을 하면 누구랑 맞고 안 맞는지를 보는 거예요. 결과는 캡처해서 단톡방에 올리고. 그렇다고 대화를 많이 하는 건 아니에요. 그냥 각자 결과 올리고 구경하고 끝."

한이 "진짜 소비적이고 소모적이야(웃음). 그래도 재미있는 건 서로 다 말해 주고 싶어요."

채현 씨는 스마트폰 배경 화면도 '부를 가져다준다'고 소문난 트와이스 나연 사진으로 해 놨다. 그는 "이런 미끼는 한 번씩 해 줘야죠. 어차피 밑져야 본전이잖아요"라며 으쓱해 했다.

🌑🌑 유행이 너무 빠르다고 생각할 때도 있나요?

한이 "너무 빨리 바뀌죠. 예전엔 괜찮았는데, 회사 다니기 시작한 다음부터는 잘 못 챙겨요. 잠깐 뭐 하다가 오면 뭐가 또 생겨 있고……."

채현 "혼자 다 섭렵하기엔 돈도 시간도 부족한 것 같아요. 그래서 서로 관심사가 다른 사람들끼리 모이면 좋아요. 각자 관심사가 다르면 누가 어디 가자고 하면 쫓아가서 알 수 있으니까요. 혼자 한 우물 파는 것보다는 그게 좋은 것 같아요."

🌑🌑 영상물도 많이 볼 것 같아요. OTT는 뭘 주로 보세요?

한이 "저는 OTT 웬만한 건 다 구독해요. 왓챠, 넷플릭스, 티빙, 웨이브, 애플TV."

채현 "쿠팡플레이, 디즈니플러스."

한이 "유튜브 프리미엄도. 알게 모르게 자동 이체로 나가는 게 진짜 많아요. 카카오톡 이모티콘 플러스, 애플 아이클라우드도 구독해요. 요금이 자동으로 인상돼도 그냥 두게 돼요."

◗◗ 1년 권을 끊으면 좀 저렴하지 않나요?

채현 "그래도 그냥 한 달씩 구독하게 돼요. 12개월 동안 다 안 쓸지도 모르는데, 월별로 하면 언제든지 그만둘 수 있잖아요. 그렇다고 중간에 실제로 끊을 일은 거의 없지만."

한이 "그럴 일은 없죠. 그래도 소유보다 구독이라는 말이 진짜 맞아요. 어차피 요즘은 장기적으로 갖기보다, 적당히 필요한 만큼만 쓰고 버릴 것들이 많아요. 요새는 가구도 구독 서비스가 많아서 눈여겨보고 있어요. 제가 얼마 전에 이사를 했거든요. 보통 2년 단위로 계약하면 새집으로 이고 지고 가야 하는데, 24개월만 구독하면 이사할 때 가구도 새롭게 바꿀 수 있어서 편하고 좋아요."

◐◑ 새집은 회사 근처에 구했어요?

한이 "아주 근처는 아니에요. 회사가 용산이라 근처에 매물도 없지만, 진짜 이유가 그거 아니에요. 저는 항상 막연하긴 하지만 제가 평생 여기 서울, 한국에서만 살 거라고 생각하지 않거든요. 그래서 이왕 여기 사는 동안에 모든 걸 다 해 봐야지 싶었어요. 제가 그동안은 마포구에 많이 살았었는데, 이번엔 지도를 보고 너무 멀지 않은 곳 중에서 골랐죠."

◐◑ 내 공간의 콘셉트를 소개해 줄 수 있나요?

한이 "전에는 그냥 편의를 위해서 살았다면, 이번에는 정말 제대로 꾸미고 싶어서 이사한 것이기도 해요. 가구도 좀 괜찮은 걸로 하고 싶고요. 학교 다닐 때보다 만나는 사람이 다양해지니까 데려오고 싶은 사람도 많아졌어요. 전에는 같은 분야의 사람들 10명 불러서 부어라 마셔라 했다면 이제는 다른 분야의 사람들을 소규모로 초대해 볼까 해요. 제가 가구과 나왔으니까 집에 누가 오면 이렇게 꾸미고 산다고 보여 주고도 싶어요. 포스터나 제 작품도 벽에 붙여 놓고."

채현 "한이는 참 자기애가 넘치는구나(웃음). 전 예쁜 것도 좋지만 편한 게 우선이어서 효율을 항상 우선순위에 놔요. 적은 공간에 많은 걸 수납하고 잘 정리하는 게 중요하죠."

누가 "너 페미야?"라고 물어보면 그냥 대답을 안 해요

◑◐ 현실에서 이대남, 이대녀를 주제로 이야기한 적이 있나요?

한이 "그렇게 많이 하진 않아요. 사람들이 특히 미대 여자들을 '페미'라고 인식하는 경향이 있거든요. 그냥 내생각만 얘기해도 사람들이 '한이야, 너 페미야?' 하는 식으로만 반응하니까요."

채현 "만약 누가 '너 페미야?'라고 물어봤을 때 '응 맞아'라고 했다가는 큰일나요. 그런 단어로 저희를 칭하면서 물어보는 사람들이 생각하는 건 저희가 뜻한 것과 심각할 정도로 전혀 다르거든요. 저희가 의도치 않았던 다른 이미지를 강제로 뒤집어쓰게 될 걸 아니까 그냥 '뭔 소리야'라고 대답하고 넘겨 버려요."

◑◐ 프레임이 꽤 단단하게 씌워져 있군요.

한이 "저도 우리를 굳이 남녀로 나누고 싶지 않아요. 근데 지금은 마치 이대남 이대녀를 빨간색과 파란색으로 나눠 놓은 것 같아요. 저는 그냥 아예 다른 색깔, 예를 들면 회색이거든요? 근데 이대남 이대녀 프레임으로 사람들을 나누기 시작하니까, 다른 사람들이 젠더 관련된 이야기를 할 때마다 저도 그 사람을 붉은색, 푸른색으로 나눠서 인식하게 돼요."

채현 "이대남 이대녀 이슈에 진짜 깊이 관심 갖는 사람들은 아무래도 보통 대학생들보다는 여대나 미대생들일 것 같아요. 자기들과 관련해서 들려오는 얘기들이 많아서 너무 피곤할 정도로요. 그런 친구들이 직접 만나 보면 의외로 평범한데도, 밖에서 자꾸 그런 프레임을 심고 낮춰 보려고 하는 것 같아요."

◖◗ **약간의 피해의식이 있을 수밖에 없겠네요.**

한이 "그렇긴 한데, 일종의 우월의식 비슷한 것도 조금은 있는 것 같아요. 남자들에게는 미안하지만 저희가 더 잘하는 경우가 많거든요."

채현 "본인이 여자들보다 잘났다고 생각하는 남자들은 아무리 잘생기고 똑똑해도 저희랑 함께 갈 수 없는 거죠. 저희도 스스로가 똑똑하다고 생각하거든요. 근데 제가 지고 못 사는 성격이라 그럴 수도 있어요."

두 사람은 학교에서 겪었던 각종 '사건'들에 대해 한동안 열변을 털어놓았다. 곧 대화 주제는 예전 자취방에서의 추억으로, 최근 참석했던 누군가의 인상적인 생일 파티로,

학과 회식에서의 에피소드로 연달아 통통 튀어 갔다. "저희 영업 종료하겠습니다"라는 카페 사장의 안내가 없었더라면 아마 밤을 지새울 수도 있었을 만큼 그들의 발랄함은 마를 새 없었다.

마지막 순간까지 한이 씨는 즐거워하며 "어! 언니, 나 내일 약속 있어! 약속 있어! 내 짱친과 친한 사람의 친구가 브랜딩한 술집에 가기로 했어"라며 일정을 소개했다. 채현 씨는 "친친소(친구의 친구를 소개합니다)야? 아니네, 친친친소인가?"라고 잠시 헷갈려 하더니 "나 내일 영화 보고 4시면 일정 끝나! 나도 데리고 가면 안 돼?"라며 다음날을 기약하고 헤어졌다.

입력한 대로 출력되는,
인생은 코딩이 아니니까

최휘병 | 1988년생

2022년 7월 7일, 서울 안국동의 새로 생긴 한 카페에서 최휘병 씨를 오랜만에 만났다. 나보다 세 살이 많은 그는 네 명의 인터뷰이 중 유일한, 나의 오랜 지인이다. 영화와 음악, 책과 사진을 좋아하는 그는 영화인으로서의 한 단락을 마무리하고, 새로운 출발을 위해 준비하는 중이라고 했다.

요즘엔 결혼을 입력하면 행복만 출력돼야 한다고들 생각해

🗨 잘 지냈죠? 새로운 도전은 어때요?

"개발 분야 공부를 하고 있어. 완전 기초 C언어 배우는

255　　　　　　　　　　　　　　　　**우리 각자의 이야기**

중이야. 아직은 낯설지만, C언어랑 연애하는 기분이
들 정도로 어서 몰입하고 싶어. 난 뭔가를 되게 사랑해
야만 시간을 쏟을 수 있는 사람이더라고."

🎧 요새 제일 핫한 공부를 하고 있네요. 업종을 변경하려는
계기가 있었나요?

"직업 불안정성이 제일 커. 기존에 해오던 '영화 프로그
래머(극장이나 영화관의 주제를 기획하고 상영작을 선정하는 역
할)'로서의 일은 사실 점점 더 불안정해지고 있거든. 영
화관에서 더는 정규직을 뽑지 않고 '상영관 매니저'라
는 이름으로 6개월, 10개월 단위 계약직을 고용해서
온갖 일을 다 맡기고 있어. 특히 예술 영화관들일수록
더더욱 그게 '노멀'이 되고 있고. 그렇다고 직업 특성상
어떤 기관이나 기업에 소속되기도 쉽지 않아. 작품 선
정하는 과정에서 많은 오해와 마찰이 생기거든."

🎧 지금은 무엇을 새 목표로 삼고 있어요?

"안정적인 직장을 갖는 것. 여태까지는 내가 좋아하는
일 하면서 가치를 만들어 나가는 게 정답이라고 생각
했는데 지금은 정확히 반대로 바뀌었어. 새로운 것을
배우면서 비전을 찾아가자는 거지. 단기적으로는 한
국형 에콜42[1]인 '42 서울'에 들어가고 싶어서 준비하고

있어. 내가 지금 35살인데, 2년 과정을 마치고 나면 37살이 돼. 40대가 딱 시작되는 시점에 적어도 2~3년 경력은 가진 개발자가 되고 싶거든. 40대부터는 가정도 꾸리고, 고용 불안에 대한 걱정도 그만하고 싶다는 생각도 한 것 같아."

◖◗ 8~9년간 몸담은 영화 업계를 떠나는 것 같다는 부담감이 있을 것 같아요.

"떠난다는 표현이 좀 낯설지만…… 내가 영화를 좋아하는 이유를 많이 고민해 봤어. 난 정확히는 내가 소개하는 영화나 콘텐츠에 대한 반응을 좋아하는 것 같더라고. 내가 하고 싶은 일의 본질은 더 많은 분야에서 사람들한테 도움을 주는 일이었던 거야. 영화를 잠깐 떠나더라도 계속 좋아하는 마음이 있다면 나중에 기회가 있지 않을까 싶기도 해. 누가 경력 단절이라고 말한다면 할 말은 없겠지만 지금은 새로 배우는 것에 몰입하려고."

◖◗ 안정성을 이야기했는데, 결혼 계획도 영향을 미쳤나요?

"아무래도 그렇지. 결혼이 급한 건 아니지만, 할 거면 아예 일찍 하고 싶기도 해. 행복한 삶에서 중요한 게 직업적인 행복만이 아니라는 생각을 했어. 여자친구도 조형 쪽 공부를 하다가 결국 직업 안정성 때문에 IT업계로 직군을 옮겼어. 자기 자신을 태우면서 예술을 하는 사람들도 있지만, 나랑 여자친구는 자기 객관화를 계속해 본 결과 우린 그런 사람은 아니더라고."

◐◐ 1인 가구로 오래 살았는데, 결혼을 생각하는 이유라면요?

"10년쯤 혼자 살았고 그 삶도 좋았어. 둘이 사는 게 혼자 살 때보다 훨씬 많은 리스크를 수반하는 것도 사실이고. 하지만 같은 비전이 있는 사람들이라면 오히려 그 리스크가 중요한 의미를 갖지 않을까? 함께 살 때 둘만의 목표에 더 집중할 수 있겠다는 생각도 들어."

◐◐ 보통 리스크는 피하고 싶어 하지 않나요?

"넷플릭스 오리지널 〈블랙 미러〉시즌 3의 4화 '샌 주니페로'² 에피소드 혹시 봤어? 시한부 선고를 받은 여성 켈리가 가상 세계인 샌 주니페로에서의 영생을 선택하는 대신 죽음이 기다리고 있는 현실 세계로 돌아가겠다고 말하는 장면이 나와. 먼저 세상을 떠난 남편도 샌 주니페로의 거주권 대신 죽음을 선택했거든. 그녀가 남편과 지지고 볶고 싸웠던 것도 삶의 의미였는데, 아무 의미가 없는 가상 세계에 영원히 사는 게 두렵다는 거야. 켈리가 고민했던 그 지점이 나한테는 되게 크게 와닿았어. 나도 삶에 행복만 있을 수는 없다고 생각해."

◖◗ 인생에서 행복의 의미는 무엇이라고 생각하나요?

"요즘은 사람들이 행복도 코딩처럼 생각하는 것 같아. 무언가 인풋을 하면 아웃풋으로 행복이 나와야만 의미가 있다고 보는 거야. 예를 들어 결혼을 입력하면 행복이 출력돼야 하고, 다른 게 나올 것 같으면 아예 결혼이라는 걸 입력하지 않는 추세인 거지. 근데 포괄적으로 생각했을 때, 삶이라는 것엔 고통도 있어야 한다고 봐. 오히려 무한 긍정을 외치는 것은 리플리[3]야. 자기 자신을 정확하고 깊게 아는 게 난 정말 중요하다고 생각해."

◖◗ 왜죠?

"남들에게 보이는 것, 남들이 하라는 것에 익숙해져서 진짜 자기 마음을 모른 채 남들이 다 하는 욕망을 따라가는 사람들이 많잖아. 예를 들면 내가 여자친구와 함께 살 집을 구한다면, 그냥 같이 살 수 있는 곳이면 충분하잖아. 근데 왜인지 모르게 남들과 비교하고, 어떤 기준 이하로 내려가면 안 될 것 같다는 압박을 느껴서 정작 내가 살 공간에 대한 진짜 기준과는 멀어지는 거야. 그게 되게 많은 부분에서 적용되는 것 같아. 유행들도 마찬가지야. 맛집을 가보겠다고 무작정 줄을 서는 것처럼, 나와 '핏'이 맞는지 모르고 선택하는 것들이 너무 많지 않나 싶어."

◖◗ 유행에 관심이 있는 편인가요?

"요즘은 유행의 주기가 확실히 빨라지고, 종류도 너무 다양해졌어. 유행의 영향력에 대해선 인지하고 있지만, 그 빠른 순환을 긍정적으로 생각하진 않아. 유행하는 것들이 정작 어떤 의미가 있는지, 왜 유행하는지도 모르고, 그게 나와 맞는지 최소한의 판단도 없이 따라 하기에 급급한 모습들이 매력적이지 않다는 거야. 점차 행위만 남고, 본질은 지워지고. 그래서 그런 유행이 지나가는 게 아쉽지 않아."

◖◗ 거부감을 느끼는 것 같네요.

"유행하는 것들을 따라 하고 공유하려는 방식이 되레 크고 작은 권력이 되기도 하는 것을 자주 봤거든. '너 그거 안 봤어?' '이런 단어 몰라요?' 하는 식으로. 유행을 아는지 모르는지, 했는지 안 했는지로 편을 가르는 거야. 지금은 세대별로 정보를 흡수하는 능력이 다르고 정보 채널 창구도 다양해지다 보니 선 긋기도 편해진 것 같아."

◖◗ 하지만 해보기 전엔 알 수 없잖아요.

"그렇긴 하지. 근데 은연중에 내가 무언가를 따르는 행위가 반복되면 남한테도 그걸 강요하게 된다는 게 무서운 거지. 자기 마음에 대해서 많이 공부하고, 더 깊이 접근해야 한다고 생각해."

세대 간에 문법이 다른 건 어쩔 수 없어

◖◗ MZ세대라는 단어를 들으면 어때요?

"표현 자체에 거부감을 느끼지는 않아. 대신 그 표현이 쓰이는 맥락을 헤아려 봐야 할 것 같아."

◖◗ 또래들에게 동질감을 느낄 때가 있다면요?

"불안해하는 모습들? N포 등으로의 침체, 사랑에 위축되는 모습들. 그 이유와 마음을 들여다보면 동질감이 느껴져. 미래에 대한 정보에 급급해하고, 마치 그것이 나를 구원해 줄 거라는 믿음도 그렇고. 나는 미래의 정보를 미리 아는 것도 중요하지만, 미래를 준비하는 과정이 결국 나를 계속 알아가는 과정이라고 생각해. 가장 큰 무기지. 과거의 나와 현재의 나를 끊임없이 감각하고 알아가면서 다가오는 것들에 대응하는 것이 더욱 좋다는 거야.”

◖◗ 좀 더 나이 어린 Z세대를 최근 만난 적이 있나요?

“응. 지금 사는 동네로 이사 온 뒤에 집 앞 고깃집에서 알바를 잠깐 해 봤어. 엄청 힙하지는 않은 동네 맛집인데, 사장님은 20대 후반이고 직원들은 거의 다 10대더라고. 나는 그 친구들이 하는 말을 주로 조용히 들었어. 누구나 그렇듯이 결핍이 있는 사람들이고, 공감하는 부분도 많고 도와주고 싶은 부분도 많았고. 오히려 Z세대와의 격차를 크게 느끼진 못했던 것 같아. 나는 상대방의 나이를 별로 궁금해하지 않는 편이라 그랬을지도 몰라.”

◖◗ 다른 세대와의 동질감이나 이질감을 느낀 적은요?

“어르신들이 ‘요즘 애들 말이야’라면서 하는 말씀들에 대해선 옳고 그름을 떠나서 조금 공감할 때가 있어. 나도 관리직을 맡을 나이가 되고 사업을 조금씩 책임져야 하는 상황이 되니까. Z세대 후배 직원이 퇴근 시간이나 예측 가능성을 중요하게 생각하는 건 알아. 그래도 어쩔 수 없이 ‘조금만 남아서 같이 끝내자’라고 해야 할 때가 분명히 있거든. 그런데 요새는 오히려 세대 간에 분리되는 걸 서로 더 편하게 생각하고 담을 쌓아서 어울리지 않는 것 아닌가 싶어. X세대나 MZ세대라는 개념이 계속해서 활용되는 데에도 분명히 이유가 있을 거야. 특히나 우리나라는 급속도로 성장했기 때문에 각자 경험한 환경과 문법이 다를 수밖에 없잖아. 책을 보고 스마트 기기 이용 방법을 배운 세대와 태어날 때부터 직관적으로 새로운 문물을 체험하며 자란 세대는 다를 수밖에 없는 것처럼."

자기 자신을 공부하는 건, 더 마음을 열기 위해서야

◗◗ 나 자신을 잘 나타낼 만한 표현이 있다면요?

"'질문자'가 어떨까? 어딘가에서 들었는데, 미래의 리더나 인재의 기준은 해결사가 아니라 좋은 질문을 하는 사람이라고 하더라. 최근에 독서 모임에 푹 빠져서 2~3개를 직접 운영했는데, 그런 곳에서도 좋은 질문자가 있는지가 굉장히 중요하더라고. 내가 아는 것을 말하는 것도 좋지만, 좋은 질문을 준비해서 구성원들이 각자의 답을 찾을 수 있게 하는 게 더 중요해. 세상에는 정답이 없고, 사실이 없고, 다만 해석만 있다는 말도 있잖아."

◖◗　질문이 좋아지면 대화도 더 깊어지겠네요.

"맞아. 세상일이 '아' 다르고 '어' 다르잖아. 사실 우리는 정답에 근거해서 사는 게 아니라 각자 자기가 믿는 대로 살아. 그래서 더더욱 누군가의 주장을 가지고 서로를 해하면 안 된다고 생각해. 하지만 그런 노력을 안 하다 보니 요새 들어 더더욱 혐오가 많아진 것 같기도 해. 인간관계도 쉽게 손절을 많이 하잖아."

◖◗　알아가려는 노력이 없어서 공격적으로 대한다는 건가요.

"자기 자신을 잘 모르는 사람들이 많아서 그런 게 아닌가 싶어. 사람을 만날 때는 자기와 '핏'이 맞는지가 되게 중요해. 앉아서 같이 대화도 해보면서 서로의 생각도 좀 알게 되고, 그게 정상이잖아. 그런데 사회에서는 이율배반적으로 생각할 수밖에 없는 환경이 너무 많아. 서로 피상적인 커뮤니케이션을 통해서 수익성만 따지는 거지. 그럼 나와 핏이 잘 맞는지 알아갈 여유가 없어져."

◖◗　인간관계에도 끈기가 필요하다는 쪽이군요.

"적어도 내 근처에 있는 사람일수록 급하게 손절하면 안 된다는 게 내 생각이야. 오히려 더 얘기해야 한다고 생각해. 최근에《물고기는 존재하지 않는다》라는 책을 너무 재미있게 읽었어. 유명한 생물분류학자의 과거 업적을 찾아가는 과정에서 진실이 드러나는 내용인데, 이 책이 얘기하려는 건 우리는 어떤 생명체를 볼 때 그 자체를 이해하려고 하기보다는 우리 스스로가 규정한 프레임을 강제한다는 거지. 사람을 볼 때도 그의 존재 자체를 제대로 들여다보려고 하기보다는 사회가 만든 프레임에 끼워 맞추고 규정하는 것 아닐까 생각하게 됐어.

◐◑ 좋게 보려고 하기보다는 나쁘게 보려는 프레임이 더 커지고 있는 것 같아요.

"사람은 긍정적인 부분보다 부정적인 부분에 감정이 더 쉽게 감정이 쏠려. 그게 편한 거야. 하지만 각자를 서사가 있는 개인으로 볼 수 있도록 시선을 열어 놔야 한다고 생각해. 혐오나 차별은 내가 손절하고 선 긋는 데서 시작하는 거잖아. 어떤 사람이 나에게 실수를 해도, 우선 그가 왜 그런 행동을 했는지를 질문해야지, 판단부터 해 버리면 안 된다고 생각해."

◐◑ 그렇지 못한 사람들에 대한 기억이 있나요?

"윗세대분들 중에 과도하고 쓸데없는 책임감을 가지신 분들이 많은 것 같아. 상대방을 다 안다는 듯이 대

우리 각자의 이야기

하고, 상대방이 원치 않는 배려를 하려 하지. 공동체를 강조하다 보니, 개개인에 대해서는 이해가 부족한 모습들, 조심성이 없는 것……. 그분들은 오히려 진짜 자신의 마음을 모르는 경우가 많은 것 같기도 해."

👀 **그분들도 내면을 들여다보면 서로 더 나아지겠네요.**

"응. 자기 자신을 공부하는 건, 나라는 사람을 존중하고 관심을 둔다는 건, 내 속 밑바닥까지 가려고 노력하는 일이라고 생각해. 존중하기 때문에 시간을 들이는 거잖아. 그건 이기적인 게 아니라 오히려 다른 사람들한테 더 마음을 열 수 있도록 하는 과정이라고 봐."

모든 인생은 1막이 열리며 시작됐다가 N번째 막을 내리며 마감될 것이다. 휘병 씨는 그중 아마도 두어 번째 막을 막 열어 가려는 참이 아닐까. 헤어지기 전, 그는 한 영화감독님께 들었다며 삶에 유머를 가지려 노력하고 있다고 말했다.

"예를 들면 이런 거야. 진짜 오랜만에 누구 결혼식장에서 만난 친척들이 별로 친하지도 않으면서 나한테 '결혼은 언제 해?'라고 물어보면, 정색하는 대신 '오늘은 안 합니다, 하하하' 하는 거지. 그럼 그분들도 자신들이 무례했다는 것을 아니까 더는 얘기하지 않으시거든."

그는 "요즘에는 사람들이 다들 너무 화나 있잖아, 그래서 어떻게 하면 사람들을 웃길 수 있을까 이런 걸 항상 생각해 보고 있어"라며 조곤조곤 덧붙였다. 그의 진지한 표정과 어울리지 않는 말들이 재미있어서 나는 웃었다. 유머러스한 사람이 되고 싶다던 그는, 그날 적어도 내게는 대성공했다.

감사의 말

생각해 보면, 말로는 MZ 세대론에 질색하면서도 'MZ 세대'를 주어로 한 문장들을 수없이 늘어놓은 나 자신이 가장 모순된 사람이다. 우리 모두 결코 하나의 '30년짜리 거대한 덩어리'가 아니란 것은 자명한 사실이다. 그럼에도 불구하고 '우리는 그저 서로 다른 모래알들'이라는 허탈하고 잘못된 결론에 도달하기보다는, 우리들이 공유하는 작고 좁고 많은 공통점을 찾아 보고 싶었다. 가능하다면 "요즘 청년들의 최대 화두는 공정" 같은 뻔한 소리에서 벗어나고 "MZ 세대는 개인주의자"처럼 납작한 시선을 입체화해 보고 싶었다. 그다지 성공하진 못한 것 같지만, 시도에 의의를 두는 것으로 만족해 보려고 한다.

나의 친구와 지인 A, B, C, D에게는 우선 감사하고 미안하다는 마음을 전하고 싶다. 언젠가 이 책에 실릴 운명인지도 모른 채 내게 솔직하고 다채로운 이야기들을 기꺼이 나누어 준 사람들이다. 한 명 한 명에게 미리 이야기하지 못했기에 본문에는 이름을 쓰지 못하고 재미없는 영문 이니셜로 대신했다.

신원이 특정됐던 오직 세 사람, 우리 부모님과 동생에게는 특별히 더 고맙고 미안하다. 내일모레면 벌써 서른 살이 되는 동생은 올해 학교와 취업 등 개인적인 이유로 유난히 고생을 많이 했다. 그런 와중에도 한창 유행하던 박재범의 '원소주'도 가져와서 맛보여 주고, 자전거상 못지않은 자신의 방에서 뚝딱뚝딱 조립한 빈티지 자전거도 선물해 주고, 툭툭 날아드는 나의 카톡에도 늘 지체 없이 답장해 주느라 아무래도 더 고생했을 것이다.

책에 자기가 어떤 모습으로 등장하는지도 모른 채 "뭐? 네가 책을 써? 이야, 출판 기념회 해야겠네!"라며 일단 반겨 준, 사실은 누구보다 다정하고 귀여운 엄마. 우리 남매를 초등학생 시절부터 자리에 앉혀 놓고 "자유에는 책임이 따른다"라는 삶의 진리를 가르쳤던, 미중년 당구 스타 쿠드롱(의 헤어스타일)을 닮은 아빠. 좋은 이야기들은 쏙 빼고 온통 엉뚱한 얘기들만 늘어놔서 어이가 없으시겠지만, 주제가 주제였던 만큼 일단 요번은 용서해 주셨으면 좋겠어요. 다음 기

269

회는 제대로 도모해 볼게요.

나의 9년 지기인 남편에게도 고맙다. 일 핑계 술 핑계로 허구한 날 오밤중에 귀가하면서 어쩌다 일찍 오는 날에는 원고 써야 한다며 방에만 처박혀 있던 내게 서운한 소리 한마디 하지 않고 늘 적당한 거리에서 응원해 준 최고의 지원군이었다.

달마다 징징대던 나를 달래가면서 엉망진창인 초고를 꼼꼼하게 피드백해 주신 편집자 김송은 님을 비롯한 부키 출판사 관계자분들, 거칠기 이를 데 없었던 초고를 미리 읽어 보고 도와주신 김형래 선배와 친구 김나영, 갑작스러운 인터뷰 요청에 기꺼이 응하며 배움과 즐거움을 선사해 준 네 사람에게도 감사를 전한다.

들어가는 말

1   MBC 〈라디오스타〉, 2021년 9월 15일 방영분.

INFP인 내가 싫지 않아요

1   https://www.16personalities.com/

2   박혜옥, 〈[피플&포커스] "당신의 MBTI는?" MZ세대 홀
    렸다… 맹신은 금물〉,《천지일보》, 2021년 5월 12일.

3   김난도, 〈당당하고 自己愛가 강한 세대 나르시시스트 소
    비자가 온다〉,《조선비즈》, 2009년 12월 12일.

4   SBS 스페셜 〈나를 찾아줘 #MBTI〉, 2020년 12월 6일 방
    영분.

할매니얼은 그냥 복고가 아니라

1 통계청 '통계로 보는 여성의 삶(1999)' 자료 및 이정희, 〈일·가족 양립 문제의 시대적 변화에 대한 고찰〉, 《여성연구》, 제86권 1호, 2014, 293쪽 참고.

2 안성민, 〈[컬처 읽기] MZ세대는 요즘 '할매앓이' 중〉, 《CHIEF EXECUTIVE》, 2021년 7월.

온갖 꾸덕하고 녹진한 것

1 황교익, 〈꾸덕꾸덕 말린 생선이 더 맛있다〉, 《주간동아》, 제856호, 2012년 9월 24일.

2 고영주, 〈[쇼콜라티에 고영주의 단짠인생] 어른의 아이스크림, 젤라토〉, 《매일경제》, 2019년 6월 1일.

3 유튜브 채널 '애주가TV참PD'

취향과 갬성 찾아 삼만리

1 최인철, 〈[마음읽기] 취향저격〉, 《중앙일보》, 2021년 7월 28일.

2 정관웅, MBC 뉴스데스크, 〈X세대 신패션, 부조화 패션이 특징〉, 1994년 9월 17일 방영분.

3 김경훈, 〈[ESC: 알면 쓸데 있는 신조어 사전] 갬성〉, 《한겨레》, 2018년 9월 13일.

4 유튜브 채널 '남자커피 Namja Coffee' 〈알커피를 핵맛있게 먹는 꿀 레시피 3가지〉, 2019년 11월 18일.

같은 아날로그, 같지 않은 의미

1   데이비드 색스, 박상현·이승연 옮김, 《아날로그의 반격》, 2017.

2   조엘 킴벡, 〈MZ세대가 턴테이블과 폴라로이드 카메라에 열광하는 이유〉, 《여성동아》, 696호, 2021년 12월 3일.

3   정혜린·전세은, 〈"불편하게 듣는 게 더 좋아요" MZ세대 마음 흔든 LP 열풍 비결은〉, 《한국일보》, 2022년 3월 5일.

집 꾸미기에 진심이긴 한데요

1   대학내일20대연구소, 〈코로나19로 집콕템에 지갑 연 MZ세대〉, IG2020-6호, 2020년 5월 11일.

2   채혜진, 오창섭, 〈1인 가구 주거 공간의 디자인 문화: 어플리케이션 〈오늘의집〉의 '집들이' 게시물 중심으로〉, 《한국디자인학회》, 제32권 4호, 2019, 105쪽.

3   이미혜, '국민취향'전(스페이스 윌링앤딜링), 2017.

친환경이 MZ의 트렌드라니?

1   고찬유, 〈[슬라맛빠기! 인도네시아] 축구장 140개, 높이 40m 쓰레기 산에 핀 고귀한 새싹들〉, 《한국일보》, 2019년 8월 1일.

2   이지윤, 〈식물성 대체육이라더니… 웬 쇠고기〉, 《동아일보》, 2022년 3월 22일.

3   최현주, 〈"제발 좀 가져가세요" 쿠팡 프레시백이 골칫거리

된 사연〉,《중앙일보》, 2021년 8월 2일.

퇴사를 축하합니다

1 Reid Hoffman·Ben Casnocha and Chris Yeh, "Your Company Is Not a Family", *Harvard Business Review*, 2014. 6. 17.

2 강신형, 〈밀레니얼세대 5가지 특징을 알아야 '리더'〉, 《Dong-A Business Review》, 326호, 2021.

'남들 하는 대로'가 아닌 '내가 원하는 대로'

1 jobsN, 〈24살 여대생은 어떻게 틈틈이 2000만원을 벌었나?〉, 2020년 9월 21일.

FIRE족과 YOLO족의 뿌리는 같다

1 이아연, 〈[도시살롱] FIRE族, 밀레니얼의 은퇴를 생각하다〉,《매일경제》, 2019년 8월 10일.

2 박지현, 〈[업계 트렌드] 나 혼자서도 '잘' 산다, YOLO!〉, 《월간중앙》, 201704호, 2017년 3월 17일.

3 허세민, 〈한국인 60퍼센트 "자식이 부모보다 못 살 것"… 역대 최대〉,《한국경제》, 2021년 8월 6일.

4 염지현·이태윤·윤상언, 〈[창간기획] 조기은퇴 꿈꾸는 MZ 세대: "월급에 기대 사는 것도 리스크"…나이 40, 오늘 퇴사합니다〉,《중앙일보》, 2021년 9월 23일.

'메타버스'라는 알다가도 모를 버스

1   백수진, 〈[아무튼, 주말] "어서 학원 가서 게임 배워야
지"…로블록스가 뭐길래〉, 《조선일보》, 2021년 12월 18일.

2   SMTOWN LIVE 2022 : SMCU EXPRESS@
KWANGYA, 2022년 1월 1일.

3   이투스 엘리펀 '대치동×메타버스'.

아트테크는 먼 나라 이야기?

1   폴인, 〈"예술은 또 한번 진화 중"…XXBLUE가 NFT아트
시장을 키우는 법〉, 《중앙일보》, 2022년 4월 21일.

2   이호정, 〈아트테크, MZ세대 재테크 트렌드 되다〉, 《서울
파이낸스》, 2022년 4월 12일.

3   김슬기, 〈미술품 조각투자 큰손은 MZ세대〉, 《매일경제》,
2022년 3월 7일.

4   박현주, 〈[박현주 아트클럽]'1분 18초'·'오픈런'…MZ세대
돌풍 미술시장 명암〉, 《뉴시스》, 2022년 3월 26일)

5   문지혜, 〈변화하는 전시 공간과 미술의 대중화〉, 《한국엔
터테인먼트산업학회》, 제14권 3호, 2020, 204쪽.

명품 플렉스와 짠테크의 공생

1   강정미, 〈"푼돈 모으는데 추가 금리가 덤이네"…MZ세대
줄 세운 '이것'〉, 《조선일보》, 2022년 3월 21일.

"나 벌써 꼰대인가 봐"라는 포기 선언

1   문희철, 브런치 글 〈우리는 언제부터 꼰대라는 말을 썼을
    까?-1)데이터트렌드〉, 2020년 7월 12일.

2   허백윤·김지예, 〈착한 꼰대, 위아래 눈칫밥…서러운 80년
    대생〉, 《서울신문》, 2019년 7월 21일.

내가 아이를 낳지 않는 이유

1   문상현, 〈2022 대한민국 기후위기 보고서를 공개합니다〉,
    《시사인》, 2022년 1월 10일.

2   손지민·오달란, 〈"미래가 겁나요"…기후우울 덮치자, Z세
    대는 출산도 포기했다〉, 《서울신문》, 2021년 10월 31일.

3   김서윤, 〈해체주의 MZ세대 "우리에게 출산율을 묻지
    마!"〉, 《주간조선》, 2021년 6월 24일.

4   문정희·김성순, 〈가치관 분석을 통한 저출산 대응방안〉,
    《부산여성가족개발원》, 2019.

5   유튜브 채널 '최재천의 아마존' 〈대한민국에서 아이를 낳
    는 사람은 이상한 겁니다〉, 2021년 11월 23일.

프로 손절러의 운명

1   정현종, 〈방문객〉 중 "사람이 온다는 건/실은 어마어마한
    일이다/그는/그의 과거와/현재와/그리고/그의 미래와 함
    께 오기 때문이다/한 사람의 일생이 오기 때문이다", 《섬》,
    문학판, 2015.

2 통계청 '인구동향조사: 시군구/성/출산순위별 출생' 2020년·2000년 자료 비교 분석.

3 배우 김태리 'V LIVE(제이와이드컴퍼니)' 〈우리 같이 대화해요!〉, 2019년 6월 7일.

준스톤은 MZ를 대표하지 않아

1 박기묵·김나연, 〈[팩트체크] 한국 성평등, 118위 vs 10위… 진실은?〉,《노컷뉴스》, 2018년 10월 9일.

2 이준석,《공정한 경쟁》, 나무옆의자, 2019.

3 곽창렬, 〈용기있는 정치인? 편 가르는 트럼프?… 이준석의 이유 있는 돌풍〉,《조선일보》, 2021년 5월 29일.

4 신경아, 〈[한국의 창(窓)] 이준석 박지현 장혜영이 사라진다면〉,《한국일보》, 2022년 7월 13일.

너무나 쉽고 간단해진 혐오

1 마이기레기 https://mygiregi.com/

2 손가영, 〈'기레녀' 욕설에 성폭력 위협까지… 여성 기자 혐오 피해 '심각'〉,《미디어오늘》, 2020년 10월 12일.

3 이오성, 〈'반중'으로 이득보는 이들은 누구일까〉,《시사인》, 2022년 2월 24일.

4 국민의힘 홍준표 대구시장 '페이스북', 2022년 1월 6일자 게시물.

5 문화체육관광부 '혐오 표현 대응 관련 대국민 인식조사

(2018)' 결과보고서.

6 　서울앤 취재팀 편집, 〈서울시민 '혐오 표현' 경험 20대 남성이 80.8퍼센트로 가장 많아〉, 《서울앤》, 2019년 5월 9일.

저온 화상과 피로 골절

1 　정제윤, JTBC 뉴스 〈[탐사플러스] "한국 떠나고 싶다"… 젊은층 '헬조선' 증후군〉, 2015년 9월 17일 방영분.

2 　오형규, 〈[오형규 칼럼] 그 많던 '헬조선' 비난 다 어디로 갔나〉, 《한국경제》, 2021년 3월 4일.

3 　권지현, 〈좋은 게 좋은 거? 전 한 번도 좋았던 적이 없는데요〉, 《시사인》, 2021년 7월 29일.

복잡다단한 고통, 복잡다단한 극복

1 　건강보험심사평가원 보도자료 '최근 5년(2017~2021년) 우울증과 불안장애 진료현황 분석', 2022년 6월 24일.

2 　방탄소년단 〈Answer : Love Myself〉(2018) 가사 중에서.

3 　백세희, 《죽고 싶지만 떡볶이는 먹고 싶어》, 흔, 2018.

보디 프로필과 보디 포지티브 사이

1 　전영지, 〈"운동하면 0칼로리" 야식 배달 1위 곱창, MZ는 왜 곱창에 열광하는가〉, 《스포츠조선》, 2021년 10월 6일.

2 　배정원, 〈'섹시한 모델' 버렸더니 주가 3배… 여심 잃은 빅시의 부활〉, 《중앙일보》, 2021년 8월 8일.

우리의 소비는 투표니까

1   이정환, 〈화섬노조 비난 집회 연 한국노총 식품산업노련…SPC 파리바게뜨 제빵기사 '노노갈등' 재점화〉, 《헤럴드경제》, 2022년 6월 9일.

2   박미혜, 〈윤리적소비와 관련한 소비자의 감정경험〉, 《한국소비자학회》, 제26권 3호, 2015.

"좋~을 때다"라는 말 좀 그만해 주실래요?

1   홍정수, 〈김영옥 "늙어도 아름다워…젊어보인다는 말에 목매지 말길"〉, 《동아일보》, 2017년 2월 9일.

2   강애란, 〈'파친코' 윤여정·이민호 "가족의 80년 역사와 시대 아픔 담겨"〉, 《연합뉴스》, 2022년 3월 18일,

3   심혜경, 《카페에서 공부하는 할머니》, 더퀘스트, 2022.

4   유튜브 채널 '밀라논나 Milanonna'

5   양종구, 〈75세 나이에 보디빌딩 대회서 2위…"근육 키우면 10년은 젊게 산다" [양종구의 100세 시대 건강법]〉, 《동아일보》, 2019년 6월 6일.

6   JTBC 〈패키지로 세계일주 – 뭉쳐야 뜬다〉 시즌1, 2018년 8월 26일 방영분.

7   멜론 '2022 최애 수록곡 대전(2022년 5월 9일 발표)'

"___답다"가 지배하지 않는 곳

1   정지은, 〈"늬 아부지 뭐 하시노?" 대신할 질문은 없나요〉,

《시사인》, 2021년 7월 30일.

2   이세중, KBS 뉴스 〈[질문하는 기자들Q] 언론이 소비한 '청년'…갈등 혹은 분노〉, 2021년 7월 11일 방영분.

3   아이유, 〈팔레트〉(2017) 가사 중에서.

입력한 대로 출력되는, 인생은 코딩이 아니니까

1   프랑스의 소프트웨어 인재 양성 학습기관. 교수나 교과서 없이 학생들이 직접 연구하고 협력하면서 기술프로젝트를 해결하는 교육 제도.

2   최휘병, 〈미래 사회를 잘 보여준 SF 영화―〈샌 주니페로〉 시스템을 뛰어넘는 사랑의 가치〉, 웹진 《시네마시선》, 2022년 3월호.

3   영화 〈리플리〉(2000) 주인공 톰 리플리, 허구의 세계를 진실이라 믿고 상습적으로 거짓말을 반복하는 인물.